我向世投不这界降愿个

CONQUER
THE
WORLD

YI HAO
WORKS

依豪 著

文匯出版社

## 图书在版编目（CIP）数据

我不愿向这个世界投降 / 依豪著 . -- 上海：文汇
出版社，2017.1
ISBN 978-7-5496-1913-9

Ⅰ . ①我… Ⅱ . ①依… Ⅲ . ①成功心理 – 通俗读物
Ⅳ . ① B848.4–49

中国版本图书馆 CIP 数据核字（2016）第 269759 号

## 我不愿向这个世界投降

出 版 人 / 桂国强
作 者 / 依 豪
责任编辑 / 乐渭琦
封面装帧 / 粉粉猫

出版发行 / 文匯出版社
上海市威海路 755 号
（邮政编码 200041）
经 销 / 全国新华书店
印刷装订 / 三河市京兰印务有限公司
版 次 / 2017 年 1 月第 1 版
印 次 / 2019 年 1 月第 2 次印刷
开 本 / 889 × 1194 1/32
字 数 / 117 千字
印 张 / 7

ISBN 978-7-5496-1913-9
定 价：36.80 元

# 目录

## 第一辑
## 这世上没有毫无道理的横空出世

　　这世上没有毫无道理的横空出世，所有的得到都是付出的结果，所有的失去都和不努力有关。世上决没有"轻而易举"的成功，所谓的成功都是准备良久，积累到质变的结果。对于我们这些"小人物"而言，想要让自己的工作有所起色，想让自己的生活是自己期待的模样，这些都应该包含在其中，它和伟大无关，只是在于"希望"和"梦想"。

# 第二辑

## 我从来找不到允许自己堕落和放弃的理由，
## 因为我的奋斗不需要任何理由

没有人随便就可以穿出得体的衣服，没有人随便就可以站在舞台上侃侃而谈，没有人突然就过上理想的生活，都在攒足了劲儿，一点点往前推进；一直在攀登，在勇猛向前。

第一辑

这世上没有
毫无道理的横空出世

蓑依　作品

这世上没有毫无道理的横空出世，

所有的得到都是付出的结果，

所有的失去都和不努力有关。

世上决没有『轻而易举』的成功，

所谓的成功都是准备良久，

积累到质变的结果。

对于我们这些『小人物』而言，

想要让自己的工作有所起色，

想让自己的生活是自己期待的模样，

这些都应该包含在其中，

它和伟大无关，

只是在于『希望』和『梦想』。

## 每一刻的呈现，都是被准备过的

任何一个人，只要站在舞台上，只要能被众人看到，一定在私底下做了无数的努力，即便很不完美，即便会有差池，他也一定是在力所能及的范围内做了最充分的准备。

有次，参加一个论坛，作为演讲嘉宾的我，表现得并不是很好。刚刚坐到台下，就收到好友发给我的信息：讲得一点都不好，我是饿着肚子来听的，你要补偿我。我摆出哭脸的表情，试图解释：还是准备得太多，主办方一直提示我超时，我只能赶进度。他直截了当地回复我：还是没准备好。

我心里是不快的，天哪，我在两周前就准备好了演讲提纲，中间还一直有做调整，连跑步的时候都在想演讲的问题，你怎么可以说我没有准备好呢，我不承认。可是，我果真认真而充分地准备了，那为什么还会出现这种情况？难道是天分问题？

后来，和一位从事演讲方面培训的老师吃饭，席间，她告诉我：不是你在私下里没有认真准备，而是演讲这件事情，私下准备如果占 50%，那临场的表现也要占 50%，甚至更多。因为演讲本来就是应该在舞台上呈现的。有些演讲者即便准备的不是很充分，如果他临场表现很棒，那整体的效果也不会差。

是的，优质的演讲必须要经过舞台经验的累积来实现，但是认识并接受这一点，却是一个漫长的过程，或者说，当你只剩"舞台经验"这一关时，前面肯定已经走过了很多关，不然到不了这一步。

自觉接触演讲是这两年的事情。第一本书上市时，去了几个城市做分享会，效果还不错，但我对自己特别不满意，因为我深知读者们之所以愿意听我讲一个小时，不是因为我的内容吸引别人，而是我本人第一次抛头露面，他们愿意像对待来自远方的客人一样，热烈欢迎而已。所以，我自己要求终止了接下来的几场活动，我自觉没有做好准备。

其实，哪里是没有做好准备呢，简直是完全没有做准备。在做分享会之前的二十几年里，我基本上没有公众演讲的经验，我的性格是完全排斥把自己推到前台的，我可以做一个诗歌音乐会的导演，但做不了一个上台的朗诵者。一则是因为不喜欢暴露和被看到；二则还是因为不够自信，觉得内心的半斤八两，多说几句，就会被人看透。

那几场分享会之后的一年，我开始每天坚持看演讲的视频，能找到的大部分的 TED 都找到了，并且着重去找和我类型差不多的女性的演讲，一遍遍地去听；如果条件允许，也会去听现场版的演讲，有次去上海听三个小时的演讲，晚上回杭州时狂风暴雨，打不到车的那个时间内，我问自己："如果下次有这样的演讲，你还去吗？"内心坚定如铁，当然要去；因为我的专业是话剧编剧，可以接触到舞台表演的训练，之前我都不会去理睬，但这一次，我自觉走到台前，让老师把我当作例子，从各个角度来做示范。

最重要的是我开始列自己的成功日志，取得的小成就、做出的小挑战，一一罗列在本子上，有两个作用：一个是显性地积累自己的自信，"明目张胆"地告诉自己：你看，你很棒哦，你已经做过这么多事情了；第二个作用是隐性的，告诉自己：当别人还都在毫无规划地生活时，你看，你在有意训练自己，并且一直在坚持做这件自我修复、自我确认的事情，在蓄积能量，在期待勃发，大家都没注意到，只有你自己在暗地里努力，这种"偷偷摸摸"的感觉真是再好不过了。

那一年，我给自己罗列的想要得到的新技能排名第一的就是演讲。所以日常的工作之外，大部分时间都给了它。一年之后，第二本书的分享会开始了，我像一个做好准备的战士，跃跃欲试地应战去了。

因为是自己的分享会，所以每一场的时间长短没有限制，只要不是太短或者太长就可以。一年多的积累，终于得到了表现，充分的准备，使得每场演讲都还可以，甚至有时候会不按章法，游刃有余地按照思绪的运转进行。还记得在广州的那场分享会，因为时间距离我下飞机只有三个小时，根本来不及吃饭和化妆，很着急地就开始了。最后的结果是那场效果非常好，读者的互动性很强，现场的气氛很浓，我把这种自然而然的好状态，归功于我之前长达一年的准备。

但是，还是有遗憾。自己的分享会结束之后，我接到了一些论坛和机构的邀请做分享，这一下，不再是自己的主场，而是对方给你规定时间，为了人家活动的整体效果，你必须严格控制环节。在特定时间内演讲的困难，摆在了面前。

给你一段固定的时间，如果你想要出色地完成，必须做好各种安排，从演讲的起承转合到舞台动作，甚至口头禅都必须注意。

可是，之前的一年多，我一直训练的是"如何自信地站在舞台上"和"如何能在台上滔滔不绝"这两项，其他的都没有注意到，也没有能力注意到，因为还没到那个阶段、那个层次。

这个阶段可真难啊。每一次上台都会消灭掉一些问题，继而又会有新的问题产生，可是，不能放弃，就只能站在舞台之上一次次地练习，不怕出丑，只为一点点的进步。说了那么多，好像又回到了那句老话"台上一分钟，台下十年功"。任何一个人，只要站在舞台上，只要能被众人看到，一定在私底下做了无数的努力，即便很不完美，即便会有差池，他也一定是在力所能及的范围内做了最充分的准备。

这就是我这一年半的时间内在演讲方面走过的三个过程：有勇无谋地乱说，滔滔不绝地自信展示，有章法地把它作为综合性的舞台艺术而训练。每个阶段我都非常清楚自己的目标，即便有可能在读者面前呈现时，他们感觉两次没什么区别。这是一个看结果的世界，我毫不讳言，可是作为这个行为的主体，你唯一能看的就是过程，结果是给别人看的，只有过程是自己的，必须得抓住。

突然想起有一天，有人向我打听：我的好朋友、行动派的创始人琦琦为什么在演讲时，穿得那么休闲和看似很随便？我说，其实不然。我所认识的琦琦，她的穿着经历过三个阶段，也许外人都没有注意到，但我看到了：第一个阶段就是随便乱穿衣的阶段，喜欢什么就穿什么；第二个阶段是因为身边很多做搭配师和形象管理的朋友，她的衣着品味飞速提升，基本每次亮相都特别合适，或者说准确，尤其以礼服类的裙装居多，让人挑不出问题；最近半年，她进入了第三个阶段，牛仔裤、卫衣、衬衫甚至短袖，随便一穿就上台，只不过，这个"随便"和第一个阶段的"随便"已然不同。

没有人随便就可以穿出得体的衣服，没有人随便就可以站在舞台上侃侃而谈，没有人突然就过上理想的生活，都在攒足了劲儿，一点点往前推进。这段话，有两层意思：一是对人保持善意，或许她做得还不够好，但请相信她会努力做好；另一层是你身边的人看似都在平静地生活，殊不知人家私下里一直在攀登，在勇猛向前。你能做的，就是无论任何时候，保持前进，不断为更好的生活和人生做准备。

## 所有的励志都与热爱有关

一旦你找到了你的热爱，你的生活就会发生翻天覆地的改变。热爱是可以辐射的，它的那个"核"光芒巨大，可以把你的一切都照亮。

看每一季的《中国好声音》，我都会热血沸腾。我知道节目背后有极棒的制作团队，一切都经过了包装和粉饰，而我也写过很多的励志文章，不管是有关于坚持、毅力还是理想，可无论怎样，最终我还是被它鼓动了，原因无他，唯有热爱，那份真真切切、想藏都藏不住的热爱。

大多数的选手都会由父母陪伴而来，有的是从小就喜欢唱歌，父母也很支持，有的则是父母非常反对，甚至要与其反目，可无论父母的态度如何，在他们坚持了几年，甚至十几年、几十年之后，都能够如愿以偿地站在中国最好的歌唱舞台之上。与电视节目形成鲜明对比的是在我的邮箱、微博私信、微信后台，有无数的人给我留言：我想学播音专业，但我的父母不同意，我该怎么办？

我非常热爱画画，可我们家家庭条件很差，画画需要很好的物质条件，我是否还该坚持自己的理想？我想成为一名作家，可我觉得要出名，真的很难，我还要继续吗？……这些问题，没有人能够为你回答，即便你把市面上能找到的所有励志书籍都看一遍，依然找不到答案，唯一的途径就是：扪心问问自己，你是真的热爱吗？有多少时候，你根本不热爱你的梦想，只是为了名、利、虚荣而已。

热爱的力量有多大？作为一名理性的成年人，我依然能够坚定地、毫不怀疑地说：热爱就是全部，它是核，有了它，你的一生就支撑起来了。有几个姑娘在微信后台每天打卡，有的是跑步打卡，有的是跳舞打卡，有的是学英语打卡，有的是早起打卡，在前面的21 天之中，没有一个人能够做到每天都能够完成，虽然每个人在开始时都信誓旦旦、信心满满；而现在，21 天之后，只剩一位姑娘愿意从头开始，重新来一遍。我不是批评那些姑娘的半途而废，只是想说：请以后不要再对别人讲起你喜欢跑步、跳舞、学英语和早起，如同在第一天时对我说的一样。不，你不喜欢，更不要说热爱了，否则短短的21 天，怎么可能坚持不下来？你以为的没有毅力，你所进行的痛苦坚持，只是出于某种目的，而非来自生活或者生命的热情。

热爱有些是天生的，这一点我不想否认，拿我自己来说，我在小学五年级时写下第一部长篇小说，用铅笔在稿纸上慢慢地写，肯定不是出于名利，也不是出于某种训练，只是简单地想要写而已，五年级的小朋友不懂什么，就是提笔写字而已，我认为这就是天生的热爱，是挡也挡不住、是你不管走了多少弯路最后都能回来的正道。对待这种天生的热爱，你所需要做的就是找到它、意识到它、体会到它，剩下的事情就是定数，它会带你到该去的地方，不管是最闪耀的舞台，还是乡村山野最平静的房间。

而有些热爱，是能够培养的，这是一个非常迷人而艰难的过程，稍不留神，就会南辕北辙。这么多年，我培养起来的热爱，只有一个就是阅读，虽然我也培养过对看电影的热爱，但没有做到，至今仍然停留在每天硬着头皮看电影的阶段。每个对热爱的培养，都要找到一个非功利性的点，必须是非功利性，这样才不会想着要实现目标或者有目标实现的可能。

今年，我开始培养人生的第二个热爱——跑步。之前为了减肥断断续续地跑过很多次，最后都是无疾而终，而今年，我选择在我体重维持得还算很好的阶段开始跑步，减肥塑形不再成为我的一个目的，这样，更容易真正从内心热爱它。在跑步之前，我阅读了很多相关的书籍，不管是像《跑步圣经》这样的技术类书籍，像村上春树的《当我跑步时，我谈些什么》这样的灵性洗礼类书籍，还是各种培养意志力的心理学书籍，我都一一找来，试图发现和归纳跑步的种种优势和劣势，以便最终找到一把能够打开我心灵之门的完美契合的钥匙。

这个内心寻找的过程大约持续了两个多月。印象最深的是在看村上春树的那本书时，我有种想要把整本书背下来的冲动，身体也发出"我要立刻奔跑"的冲动，但我都抑制住了，坚决不能跑，因为我知道这只是冲动，一旦疲惫，就很容易挫败，不想要再继续。必须要在有了一个持续性的"核"之后，才迈开第一步。有些人说在跑步的过程中，你才能够慢慢找到它的乐趣，而我不同，我是先要找到我想要在跑步中坚守的那个点，才开始，至于跑步过程中有其他的收获，那也只是附加属性，而不是必要属性。

最终，我觉得自己找到了那个点，那个不想言说的"核"，如同对阅读的热爱培养一样，你现在让我说到底是什么在吸引我，我清楚知道，但不说，因为它不能分享，就算分享，也毫无意义。只不过，这个寻找的过程多多少少还有参考的价值。

一旦你找到了自己的热爱，你的生活就会发生翻天覆地的改变。经常看到有人抱怨和朋友的小摩擦，有人对同事有意见，有人空虚无聊……这些问题想要真正解决，绝不是提出具体的有针对性的建议，很多情况下，只是你太闲而已，那些有热爱之事的人每天忙不迭地去尽力追求去了，谁还在意今天你说了我一句坏话，昨天你不小心碰了我一下呢。热爱是可以辐射的，它的那个"核"光芒巨大，把你的一切都可以照亮。

## 有毅力的人，都会过得很幸福

很多时候，我都会觉得坚持、勤奋和有毅力地生活都自带一种偏执也好、天生傲娇也好的美感，也许它们本身也是一种专业度的体现吧，反正，我是坚信：有毅力地做某件事情，就一定会幸福的。一点怀疑也没有。

当年考研时，我以一分之差没能考入北大中文系的创意写作专业，而我的高中兼大学同学晓晨，同年也以一分之差没能考入北大法律系。考研成绩出来之后接着是考研调剂，她被调剂到了山东某政法类高校。得到录取通知的那天，我们一起吃了顿饭，她上来的第一句话是："亲爱的，你再陪我考一年吧。"我瞪了瞪眼睛，淡淡地说："这都考了两年了，还是没考上，就说明无缘嘛。我是坚决不会再考了。"然后讲了一通应该面对现实的道理，试图说服她不要再冒险了。那顿饭结束时，她也很平静地告诉我说她会去读那所普通高校，在那里好好读书，争取读博士时能去个好学校。

一年后的一天，我无聊刷网页时，突然看到了她晒的北大法律系硕博连读的录取通知书，我当时的震惊程度基本上等同于歇斯底里了。一方面是为她高兴，是真的高兴，因为深知她的艰难；另一方面却对自己很不满，倒不是责怪自己没有继续，因为专业不同，考试模式不同，根本没法比较，而是我瞬间就回想了我这一年里做了些什么？当人家在深夜苦读、奋笔疾书时，我有哪些收获，有没有在做规划？而得到的答案是：很多时候，我都在无所事事。

我把她的故事讲给另一位好友听，对方有些不屑地说："现在人家成功了说人家是英雄，如果她这次再失败了，估计大家都会嘲笑她吧。"我义正辞严地反驳了他——不管她成功还是失败，她都是我见过的最有毅力的人，也因为她的毅力，我相信即便她考研考不上名校，考博时也一定能去非常棒的大学，有时，你甚至会感叹：怎么会有如此毅力惊人的女孩子。

她的底子并不是很好，或者说她并不天资聪慧。高考考了两年，才去了我所在大学的三本专业，学的是汉语言文学专业，努力学了三年，依然入不了门，对文学完全无感，于是，考研时，毅然跨专业去考了法律。于是，300多天的时间内几乎每天都是第一个到自习室，最后一个离开，因为要背大量的法律条文，拿个水杯，在教室外的走廊上一读就是一上午或者一下午，第一年考研，差几分未能考上；果断地选择了第二年继续，依旧从早到晚，几乎看不到有半天她没有去自习室，我很多次看到她的书，几乎都已经翻烂了，我甚至还建议她去买本新的；考试的那几天，我们两个住在宾馆的同一个房间，她晚上一两点睡觉，早上四五点起床继续背书，怕打扰我，就去卫生间里坐在洗刷台上默背，我劝她要休息好，她说有足够的精力来应付考试。我不知道第三年，她在农村的家里是如何备考的，没有了学习的氛围，顶着背水一战的压力，估计只能更拼吧。

也许每个人身边都会有这样的称之为"考试疯子"也好、考霸也好的人，但未必他们都有如她一般的毅力，虽然之前的结果总有些不如人意，但她准备的过程真的做到了最拼，那种没有任何遗憾的拼。也不仅仅是考试，她从小到大一直属于微胖界，可到了大学，她愣是用一年的时间减去了二十几斤。她减肥的那一年，我和她一起吃过一次饭，之所以强调是一次，是因为自从那次之后，我再也不想和她一起吃饭了。晚饭时，我按照正常的饭量去点，而她只点了一个包子，并且告诉我她晚上一点也不会饿，淡定地看着我把眼前的美食一一吃掉。

我那个朋友还说了一句话："世上不是任何事情都能通过毅力

完成的，就算她北大博士毕业了，又能怎样？"我承认世上很多事情的确不是可以靠毅力完成的，但有毅力的人拥有惊人的能力，在任何自己想做的事情上，都会做到非常好，且过得会很幸福。不消去说找到自己愿意用毅力去坚持的事情已经是一种能力了，更何况，毅力的本质是良好的自我管理和控制能力，是人生由我掌握的自信，是普通人走向成功和优秀的不二法门。

在我 25 岁生日时，我给自己定的一个关键词就是"勤奋"，勤奋的底子其实还是毅力。我甚至会大言不惭地说：所有人都可以通过毅力达到自己想要的成功和幸福。前不久，我在微博上转了一篇名为《容貌可以通过健身来改变吗？》的帖子，是很多普通人把自己的健身经历发布在知乎上的集锦，看得我很羞愧。你想啊，容貌这种似乎是天生的资本，都可以通过后天的勤奋而有毅力的锻炼实现改变，那真的还有什么不能改变吗？我们眼下的生活，难道不会有更好的可能吗？

我认识的一个微博大 V，五年来坚持每天至少发一篇自己的原创微博，不管是在开会、出差，或者面对家人的生老病死，从未有过间断。或许有人会觉得这很容易，那么你坚持一年试试，五年的坚持一定有超出常人的毅力。某个小有名气的编剧，这么多年来，每天早上起来的第一件事就是看一部电影，每周至少看五部，休闲娱乐时看电影很好玩，可是把这个习惯延续十几年，是习惯，但习惯的背后，一定也有坚持，毕竟让你每天都吃一种菜，它再好吃，你也会吐的。

很多时候，我都会觉得坚持、勤奋和有毅力地生活都自带一种偏执也好、天生傲娇也好的美感，也许它们本身也是一种专业度的体现吧，而一个东西一旦专业，都特别容易吸引人。我不是狂爱村上春树的小说，但是我爱死这个老头了，每天规律地写作、规律地跑步，直到把这种气息都自然流露在了他的文字之中，有一种清洁的美感。一个人之所以与一群人不同，大概也就来源于内心对某种东西的有毅力的捍卫和保持吧。

反正，我是坚信：有毅力地做某件事情，就一定会幸福的。一点怀疑也没有。

## 不捆绑，不束缚，活出你自己的样子

一个人活出自己的样子，是有一个循序渐进的过程的，会在更高层次上有选择地拥有依赖感，能够很合适地把握分寸，既让别人舒服，也让自己完整地成长。当我们不再用外物捆绑自己，不再自我束缚时，会发现没有依赖而拥有的幸福感，才更值得你去追求和珍惜。

和一群二十几岁的姑娘聊天，我问起说："你们觉得自己是个独立的人吗？"大部分的女生都摇摇头说："不是，独立很难啊，总想着依赖人一个人。"那几个没有摇头的女生，也唉声叹气地说："一直走在摆脱依赖的路上，却从没有真正做到有任何的改观。"这次聊天之后，我一直在想：到底是什么在阻碍我们成为一个独立的人？独立意味着什么？它一定是应该鼓励的吗？

某一天，我公开了自己的邮箱，告诉大家如果有什么需要倾诉的，可以写信给我。令我意外的是，每天收到的几十封邮件中，至少有十几封是关于依赖而导致的问题的。

有的是大学生，她离开家出来读大学，半年时间过去了，依旧会每天因为想家而失眠，问我是不是应该考虑辍学。我问："你想家时，到底在想些什么呢？"她回复我："就是一遍遍地回忆从小到大和爸爸妈妈一起生活的点点滴滴，翻来覆去就那么点东西，可还是禁不住一遍遍地去想。""你的周围每天都会发生那么多新鲜有趣的事情，为什么不试着想想这些呢？""我想了，但觉得一切都是和我无关的，只有父母是属于我的，是最爱我的。"这是对父母过度依赖的典型，离开了父母，一个人完全无法生活，想想是多么可怕啊！如果她就此回到父母的身边，或者一辈子待字闺中，或者相亲时，还要带着父母一起。

血缘关系自有黏性，但并不意味着这种依赖就是自然而然的。父母也有属于他们的生活，孩子长大之后，无论境遇如何，可以时常造访，但不能再完全浸入到他们的生活当中，如同一位妻子写给丈夫的话："你可以爱孩子，但我才是你的爱人。"两个独立且交融的世界，才会让两代人都拥有属于自己的幸福。

有的则是依赖朋友。经常有人问"朋友这几天没有联系我，是不是不想理我了？以前她可是每天都给我打个电话的"；"我们三个是闺蜜，可是她们两个近来走得越来越近，我感觉被排斥了怎么办"；"今天得知朋友在背后说我坏话了，我再也不相信友情了"；甚至有姑娘抱怨"我一个朋友，每次上厕所都要我陪她去，说是一个人太孤单，没有人说话，天知道，上个厕所才几分钟而已，我该怎么做"……这些令人哭笑不得的问题背后，是对朋友的紧张，而之所以这么紧张，是因为朋友几乎成为了她生活中最重要的支柱，而一旦这个支柱有所变化，就会让她们心惊肉跳。尤其是对于一个人在外生活的单身女性而言，闺蜜几乎成了全部情感的寄托，但是这个支柱是人，是有情感、会活动的人，不是一个固定的物体，变化是肯定的。交往中的一点点风吹草动就能牵制一个人的神经，让双方都累。

当然，最多的还是关于对男朋友或者老公过度依赖而产生的各种问题。有些姑娘选择尽早结婚，就是抱着"拴一个人在身边"的心态的，小江就是其中的一个。她和男友确定关系是在大学，自从这之后，她几乎没有一个人独立做过事情，连吃饭都是男友每天送到宿舍楼下。周围的同学都羡慕她的好运气，男友更是对她发誓："只要有我在，天塌下来也会有我顶着，你只负责快乐就好。"小江的确是快乐的，因为这完全符合她想象中的爱情，一个随时得到保护的小公主的美梦成真。

大学毕业后，男友想要去外地工作，她为了防止长期异地，用尽了各种办法，几乎是"强迫"男友一毕业就和她结了婚。没有办法去外地工作的男友，只好在当地找了一份朝九晚五的工作。每天早上送她上班，中午去她公司附近和她一起吃饭，晚上九点前准时到家，如此规律地安排，据小江说是因为她不想和周围的人群有什么联系，只要两个人相濡以沫、甜甜蜜蜜就好，其他的人际关系琐碎而无聊。

这样一过就是三年。直到有一天，她发现老公出轨了，而且已经有一年多的时间，这让她完全不能理解："我老公根本没有时间去和别的女人交往啊？"可当她和老公摊牌这件事情时，老公的解释更让她难堪："和我在一起的女孩很有钱，我已经不工作好久了，每月上交的钱都是她给我的。"她完全不相信这么狗血的事情，竟然发生在老实本分的这个被她称为老公的人身上。她打他，骂他没有尊严，不要脸，但这个男人只给了她一句话：我已经决定要离婚了。

小江的第一个念头就是"不离，坚决不能成全这对狗男女"，其实，她知道：几乎没有任何社交的她，离开了这个男人，她就什么都没有了。就这样，老公和那个女人在一起，她一个人独自生活了一年多，依旧不肯离婚，她觉得哪怕是名义上的老公，也让她觉得踏实。

迫不得已的男人，只能求助法律，把所有的财产都留给了她，决然而去。现在的小江已经三十五岁了，没有一丁点想要再结婚的冲动，住在父母家里，周围一旦只剩下她一个人，就会吓得浑身抽搐，即便做了心理干预，也疏导不好。

婚姻本来是一件无比美好的事情，但在小江那里却成了噩梦。问题关键不在于爱情本身怎样，也不完全是男人的品行问题，最主要的就是小江的依赖。那种由被依赖而产生的负重感，让男人喘不过气来，只能逃脱。小江哪怕多一点点自我关注的成分，也不至于有今天这样的结果。

有多少女生和小江一样啊，觉得只要嫁了人，就可以把自己抛掉，全身心地投入到家庭生活中，等几年之后，抬起头来时，只能看到屋檐下的那一小片天空，自动地与窗外的世界隔离。爱情需要信任、需要支持，但绝不需要无条件的依赖。那样，两个人的状态如同一潭死水，绝对没有生命力。

我有一个朋友，她的依赖性则体现在对待孩子上。从怀孕到孩子四岁，这四五年的时间，她的全部精力都在这个孩子身上，完全无视她的家庭、工作和生活，每天的喜怒哀乐全部和孩子的状态一致。有天，她看到朋友圈里有个刚刚生完孩子的母亲，要去咖啡馆谈工作时，竟然嗤之以鼻："还是不是为人母的人了，把孩子扔在家里还有没有良心？"很难想象这样的话能从一个研究生毕业、辞职前已经是经理的女人口中说出，也许这也是她自己始料未及的。即便是作为母亲，和孩子的界限感依然是非常重要的，当你把大部分的时间花在孩子身上时，也在剥夺孩子和其他事物接触的机会。

这些依赖感还算是显而易见的，有一些依赖却是隐形的，比如对于工作的依赖。现在很多所谓的女强人，几乎把所有的心力都放在工作上，每天都把自己的时间填得满满的，没有了工作，就不知道该做些什么了。这种被工作捆绑的状态，听起来似乎很具有奋斗精神，但这种"忘我"的态度带来的后果是：也许你的事业很成功，但没有生活。

一个人活出自己的样子，是有一个循序渐进的过程的，但第一步一定是独立，尤其是心理上的独立。我经常说的一句话是"独立并不高级"，它应该是日常生活中很普遍的状态，有自己的主见，在人群中能保持自己，时刻能看到自己。独立并不是不需要依赖，而是当你独立之后，会在更高层次上有选择地拥有依赖感，能够很合适地把握分寸，既让别人舒服，也让自己完整地成长。

依赖看似在让自己舒服，但在本质上，却是在剥夺自我成长的权利。独立是可以产生自给自足的养分的，它是一种内生力，只有当你确认到自己的存在时，它才会发挥作用。而依赖是具有消耗性的，不管是对朋友、对爱人还是对工作，消耗爱、消耗精力、消耗对世界的认知，看起来有些荒谬的是：依赖的人，特有的能量本来就少，还要把大部分分给别人，自己能保有的量可想而知。

当我们不再用外物捆绑自己，不再自我束缚时，会发现没有依赖而拥有的幸福感，才更值得你去追求和珍惜。

## 不是谁都能体面地倔强着生活

你只有先上轨道，才能追上那些在前面的理想生活。不是谁都能体面地倔强着生活，但谁都可以用坚持和努力，实现自己的那份倔强。

认识橘子小姐有五六年的时间了，当时她淹没在一群接受公司培训的女生中间，一米六的身高、一百斤左右的体重，简单地扎着一个马尾，穿着商场里面随处可见的廉价连衣裙，一点都不打眼。因为早上出门匆忙，我忘记带写字笔了，扫了一下四周，看到只有她的位置上有两支笔，于是过来借用，她很大方地给了我，说"你用就是了，不用还我了"。但会议结束后，我还是跑过去，还给了她。她邀请我一起吃午饭，我们随便聊着上班的种种琐事，那顿饭下来，我觉得我们可以成为朋友，因为我喜欢和普通的人做朋友，有小小的梦想，每天朝九晚五地工作，凭一己之力养活自己，对爱情有期待，和父母关系良好，这就是我所认为的幸福生活，琐碎一点就好，风云人物咱当不起也不想当。

后来，两个人渐渐熟悉，我一直催她赶快找个男朋友，她都是一笑了之，说"不急"，我以为她可能还没有遇到合适的人，再等等也无妨。直到有一次，朋友聚会，她喝着喝着就哭成了泪人，我送她回家，她抓住我的手不放，越哭越厉害，那是我第一次见她哭，没想到就是这种止不住的情况。手足无措的我安慰她说："别哭了，好好睡一觉，明天就会好起来的。"她依旧一直哭，一直哭，直到再也没有力气哭出来时，她才默默地说："亲爱的，我失恋了。"我心里一惊，还没来得及说话，就听她说："他不要我了，他嫌弃我。可我也嫌弃我自己，我能有什么办法呢？"我抱着她说："亲爱的，你在我心里一直那么美好，咱们都是普普通通的女生，不干什么坏事，也没有什么特殊癖好，怎么可能被嫌弃呢？你怎么可以嫌弃你自己呢，我喜欢你还来不及呢。"

她抬头看我，像做错事的孩子一样慌乱着说："如果我告诉你一件事，你会不会就不喜欢我了。"依旧我还没回答，她就抢先说："算了，我还是告诉你吧，早晚你也会知道的。"我的心怦怦直跳，说实话，我挺害怕听别人说什么稀奇古怪的事的，但没办法，硬着头皮去听吧。只听她慢慢说："我其实是一个特别不安分的女生，你看，我长得不漂亮，身材也不好，胸小得都不像是女人，可我在选择男朋友这件事上，却心高气傲得不行，也许是缺什么补什么吧，我从小就励志，将来一定要嫁给一个特别耀眼的男生。但没想到，到头来还是失败了。"

　　我了解到，她口中的失恋男友是一个高帅且有趣的男生，是她辛辛苦苦等了二十五年才实现的一个关于男人的梦想。之前，有很多人给她介绍过男朋友，都被她拒绝，因为她有一条容不得半点含糊的标准，就是如她所说的"高、帅、有趣"，缺一不可。她知道自己很普通，所以这个关于男朋友的标准一直没有给别人说过，只是暗暗放在心里，也因为这种暗暗较劲，使得它更加坚不可摧。

　　我很想狠心地质问她："你明知道自己这么普通，为什么非要做这种选择？找一个普通的男生，谈一场拥有小浪漫的恋爱，过踏踏实实的日子，不是很好吗？"她却早已开口给了我答案："我明知道这样很作，但是我不会后悔；即便我很普通，我也不要将就，找一个差不多的人过差不多的日子，我不要后半生麻木地如同大多数的中年女人，我不要，我要和一个完美的男人过有趣的日子，我要我的生活不一般。"看着即便刚刚失恋，依旧把话说得斩钉截铁的她，我什么都不想说，虽然我很想臭骂她一顿："你这种不将就做给谁看？你的倔强有意义吗？"但我还是止住了口，想着或许哪一天，真有一个这样的男人来找她，也说不定呢。

　　因为各种琐事缠身，我们不再经常联络，想起来时，我会给她打个电话，她会平静地说："挺好的，还是老样子。"自己的伤还需要自己医，我也不太方便做什么，但愿她能够想明白，不再那么直愣愣地倔强。

半年后，我从朋友口中得知，橘子辞职了，朋友也不知道她现在在哪里工作，打电话也已经停机。虽然我找了很多人打听，都没有得到消息，后来的某一天，我看到她在微博上写了一段话："每天上班看到一群面无表情的人挤地铁，就觉得像是进了地狱，终于说服自己，不要再人云亦云地生活，却发现连养活自己的能力都没有。整天无所事事，还不如上班时快乐。可是，我还是不想找份工作，和成千上万的打工者一起，过千篇一律的生活。"第一时间，犹如五雷轰顶般，我终于体会到了她之前给我说过的"我其实是一个特别不安分的人"这句话，真是"特别不安分"啊！但我还是很心疼，失恋加上失业，她能过得好吗？难道这就是她想要的不寻常的生活？这算是不将就吗？挣钱养活自己，哪里不对了？可我的质问她都听不到。

之后，再也没有见过她更新日志或者其他，虽然人们常说没有消息就是好消息，但是对于她来说，我却总是有种"没有消息就是坏消息"的担心，我多么想听到别人对我讲"橘子新交了一个男朋友，昨天还见他们逛街，甜蜜得很哪"，或者"橘子现在在她的新公司成为销售主管了呢"，但是都没有。她如同一只倔强的蛇，跑进洞穴之后，人们就再也看不到了。

有天深夜，我收到一条陌生号码的短信，问我睡了没有，不知为什么，我第一个想起的就是橘子，睡眼惺忪的我精神一振，赶紧打回去，没错，是她。她那边说着"不好意思，这么晚打扰你"时，我这边已经泪流满面，因为她的声音中有一种颓废而倔强的情绪，我一听，就知道她这么久是以怎样的状态度过的。

我竭力控制自己的声线不要颤抖，想要和她打声招呼，还没说出口，她那边已经在说了："我想向你借两万块钱，不知方不方便？"当时，我脑中的第一个想法竟然是"借给她钱会不会是害她"，我担心她会用这些钱去做我想也想不明白的事情。她听出了我的犹豫，说："算了吧，我知道你的日子也不好过，两万块也不是小数，我再想想办法吧。"她是帮我在找台阶下，我尝试着问："你能不能告诉我，你要钱做什么呢？"轻微的沉默之后，她以一副豁出去但是还算凛冽的声音说："我这一年多，刷了银行十万的信用卡，现在他们让我在一个月之内还清两万，否则就要启动司法程序。"当她说完时，我的手机已经掉在了床上，我望着天花板，一动不动，什么也不知道了。

我的猜想应验了。对于橘子来说，没有消息就是坏消息。

一年多的时间刷掉十万的信用卡，差不多每个月一万了，对于二十六七的年轻人来说，这种消费太过奢侈了，而且她现在有没有找到工作还是个未知数。我一晚没睡，倒不是说在考虑是否借给她钱，而是突然觉得橘子好可怜。

她是一个普通工人家庭长大的独生子女，这种女生中国不知有多少千万个，她们读普通的大学，找一份普通的工作，拥有一个普通的家庭，再正常不过了。有多少人过的是惊天动地的生活？那种生活一定是真的好吗？可我见过太多像橘子一样，不安于现状的人，有去大城市打拼，发誓不衣锦就不还乡，最终小有成就的人；也见过为了能够有自己的事业，到了近四十岁还没有结婚的男人；当然也有苦苦读书，从普通的大学考取名牌大学的研究生、博士生的逆袭生，很多人都不想过波澜不惊的生活，可他们是用自己的坚持、努力，一步一个脚印地、血泪风霜地走出了一条引以为豪的道路，这条路比过正常的生活辛苦多了。

但是橘子呢，只是一心幻想着找个优质的男人，找一份体面的工作，虽然她也在行动，却走在一条错误的道路上。她没想着如何完善自己，以便值得优质的男生爱她，而只是去寻找，目标明确，也在路上，但目标不合适，走的路也不对，所以即便走了很远，却依然没有结果；她也没想到找一份体面工作的前提是要经过很多不体面的工作的锤炼，没有一个人是一开始就有好工作的，所有的荣耀背后，都会有辛酸，她也行动了，不喜欢就放弃，却没有能力再去寻找到喜欢的东西。

她说她不将就，不要差不多，不要随波逐流，可是这份倔强，给谁看呢？一个什么都没有的人，有资格倔强吗？如果倔强就可以换来体面的人生，那每个人都仰起脖子生活不就好了吗？

我查了她的号码归属地，还是在这个城市，我给她发了信息，约定了时间地点，想要和她见一面。那一天，我随身带了一张两万块钱的卡，想着如果她能改过自新，我就给她，还是朋友；如果还是依然把牢骚抱怨当作资本，我就转身离开，绝交。

站在我面前的橘子，一脸的苍白，虽然衣服和包包都有名牌的标志，但是她整个人显得没有精神极了。她看到我在打量她的包包，不好意思地笑着说："都过去了，之前买的。"我也一笑，都过去了，一切都过去了，就好。

不出所料，她是最近才开始找工作，之前都是靠银行的信用卡度日，总想着之后找到一个好工作，可以立马还清，但工作没找到，却又遇到了一位新的"男神"，男神自然符合她的三项标准，他似乎对她也有那么一丁点儿兴趣，于是两个人交往。或是因为自卑，或是因为虚荣，她开始用更大额度的信用卡，给男友买礼物，也用这笔钱，把自己从头到脚打扮了一番，每个月总要买那么几套衣服，以便在和男神一起拜会朋友时，给他助长几分的颜面。

最后，男神在遇到另一位心仪的女孩儿时转身而去，她以死相逼，都没有留住。没有工作又失去男友的她想过去死，但终于还是说服自己，即便是为了父母，也要活下去。

我说："没什么大不了的，用十万块买一个普通的人生，很值得。"她笑着说："我还是不太喜欢听'普通'这个词，但是生活就是这样，我们都是普通人，过不起梦想的生活。"我说："错。谁都有资格去实现梦想，但关键是自己得努力，哪怕走得慢，也能到达，可是太多人，没有走一步，就高喊着要实现梦想了。"她哭笑不得地点头，说："我就是那大多数人。"

临走时，我问她："朋友的一家公司里需要一个文员，你有没有兴趣？"她两眼放光，抱着我说："去，一定去。"我说："可是朝九晚五呢！"她说："加班没有加班费也成。"我把自己辛苦攒下来的两万块的银行卡，塞进她怀里，转头离开，然后眼泪滂沱。

之后的几年，我看着她和同公司的男生谈恋爱，看着她的职位在一步步地晋升，有时一起逛街遇到帅哥，她还是会不由自主地看上几眼，但她终于步入了正轨。

嗯，你只有先上轨道，才能追上那些在前面的理想生活。不是谁都能体面地倔强着生活，但谁都可以用坚持和努力，实现自己的那份倔强。

## 人生是有节奏的

我最后的选择是一步步来，如同上楼梯一样，比坐电梯能够看到更多、更美的风景，也许这才是适合我的人生节奏。

节奏是我们在长期生活中维持下来的生命惯性。一天天、一年年过来，成就了现在的你，成就了你的生活习惯、你的思维习惯、你的三观。生活中，我们做出的大多数选择都是和这一生命指标联系在一起的。

某天晚上，好友和我聊天说："这不到半年的时间，我尝试谈了四个男朋友，可是最后一个，今天又和我分手了。"看到这话之后，我没有立刻安慰她，而是点开她的资料，想确认一下，此刻和我聊天的她是不是我认识的那个去年还对谈恋爱一事充满了不屑的那个女生。怎么突然这么着急了？

她解释说："今年突然发现，周围的同事、朋友结婚的结婚，谈恋爱的谈恋爱，只剩下我一个人单身了，我这才意识到问题的严重性。"

"那也别进展得这么快啊，可以再等等。"

"我现在觉得个人的努力更重要，要自己去找，不能等了。"我能听到她内心坚定的声音。

可是，亲爱的，真的太快了。我们认识五六年了，这些年里，你从来没有这么紧张过，即便是在面对考试时，你也格外淡定。我认识的你，是一个从容不迫的人，习惯用旁观者的眼光心平气和地打量一切。大学毕业时，你是我们这群人里面最晚收到面试通知的，但你一点也不焦灼，相信肯定会有出路的。你一直都是缓慢的啊，如同小溪一般，缓慢得让我们每个人都愿意花时间在你身边逗留。安静地追逐自己想要的东西才是最适合的，对你来说，慢慢来，一切肯定来得及，因为你的人生节奏就是缓慢的。

与她相反，我还有一个朋友，在一年里一边创业，一边完成了恋爱、结婚、怀孕这三件事，可周围没有一个人觉得她的进展太快了，她自身也把这种状态看得理所当然。的确，她一直都是风风火火的人啊，从未见她有闲下来的时候，大学时一边组织乐队全国跑演出，一边愣是以高分把托福拿下，并且每年的一等奖学金都是她的。

然而，生活中也会有一部分人，一年之内也恋爱、结婚、怀孕，美其名曰"闪婚"，但往往过不了一两年就又"闪离"了。为什么同样几件事情在不同的人身上会有不同的效果呢？问题可能也出在节奏这里。判断闪婚是否会有好结果可以通过身边人的反应来实现。如果一对新人闪婚，亲戚朋友都觉得可以理解："那姑娘平常做事儿就果断，在结婚这件事上当然也不含糊。"那成功的几率就大很多。如果相反，大家的评价都是"这姑娘平常没点主见，从没见她在哪件事情上积极过，现在却突然来了这么一下"，那婚后生活出现问题的可能性会大很多。

生活节奏的快慢没有好坏之分，是否适合自己、在哪一个频率和波段上最能发挥自己的特质、最能让自己感受到生命的律动最重要。所以，很多时候，你会变得焦灼，不知所措，也许是因为你的节奏出了问题。

每到考试，总能听到很多学生对自己咬牙切齿地不满：为什么就投入不了精力读书呢？在自习室十个小时，真正利用起来的时间最多也就两个小时，为什么呢？不是你的决心不够，也不是你没有行动力，而是因为你的节奏慌了。

对一个平常一周都不会去一次自习室的人来说，一下子在自习室待十个小时，你不觉得节奏不对吗？对一个日常精力涣散、手机不离手的人来说，希望一下子就能进入状态，集中精力，是痴心妄想，也是揠苗助长，总之，是拽着自己的节奏乱跑。

有一次看一期求职节目，做的是清华大学专场，最后的面试结果让大家都很惊讶：为什么这些特别优秀的学生，却在世界五百强抢着要的时候毅然决然地选择去了一些正在成长的公司或者刚刚创业的公司呢？有人说他们是喜欢和年轻人待在一起，有人说在成熟的公司里面，他们提升的速度很慢，但在创业的公司里，他们的职业履历被刷新的频率会大大增多，但我认为，"节奏"在这里才是最关键的所在。

明显看得出，上场的这些选手，他们的思维方式和生活方式都是快速更新的，在和职场达人交流的时候也是一会儿谈着这个问题，一会儿又不自觉地去探讨另一个问题，他们的节奏是跳跃的，是需要频繁被刷新的，成熟的公司不太可能给他们提供自由的工作模式，包括对工作思路的创新，所以，他们宁愿去一些新兴的创业公司，反正能力在身，只要有个开放的环境，节奏也是匹配的，就没有什么是不可能的。

　　经常听到现在做公务员的朋友感叹政府部门的工作很无聊，但一旦劝说他们去公司工作时，他们又觉得受不了那种竞争压力。也有人说小地方的生活实在无法忍受，信息闭塞，连提及梦想都觉得可笑，可想到要去大城市，过没有舒适的吃穿住行，只有梦想的生活时，却怎么也不敢上路。这些都是每个个体的节奏在作祟。

　　节奏是我们在长期生活中维持下来的生命惯性。一天天、一年年过来，成就了现在的你，成就了你的生活习惯、你的思维习惯、你的三观。生活中，我们做出的大多数选择都是和这一生命指标联系在一起的。倘若你对自己的选择感到不满，对自己的状态不满意，那就看看这些问题是否都来自于你养成的节奏，这种反思会让你真正体会到，要为自己负责，意味着什么。

　　彻底改变人生节奏是不可能的，甚至想要大幅度地快进都不太现实。我曾经做过这样的尝试：我虽然从小到大成绩都名列前茅，但也仅限于我们那个小地方，高考时过了一本线，去了一所普通的一本学校。考研时，我希望一飞冲天，凭借自己的勤奋刻苦，通过一年的时间就考上北大，但最后还是以一分之差与其失之交臂。我一直在反思这件事情。到现在，我觉得那差的一分应该就是我为调整自己的人生节奏应付出的代价。你可以慢慢来，但不要苛求一下子完成命运的翻转，太过用力，掌中的沙会漏得更快。

所以，我最后的选择是一步步来，如同上楼梯一样，比坐电梯能够看到更多、更美的风景，也许这才是适合我的人生节奏。

命运突转的背后是节奏的突转。当然，有人能突转成功，但大多数是失败的。如果你是一个信奉"尽人事，听天命"的人，那么就和我一样，慢慢探索生命的节奏吧，适时调整，缓缓而行，而不是一朝转身。

其实，世事皆是如此。

## 纠结是因为哪条路都差不多

如果在这些选择上花费太多精力，哪还有好的状态去面对未来的挑战？更何况，这些犹豫并不会让你心甘情愿义无反顾地一路走到底，半路上，你还会继续纠结。

宁愿在路上多花些时间，也不要在选择点上犹豫太久，前者是有建设性的，而后者更多的是消耗性的。

即将大学毕业的小懒连续几个星期都过得很焦虑，甚至到了茶饭不思的地步，每天都在犹豫不决中徘徊。事情说起来很简单，就是她不知道应该选择去上海还是去苏州工作，两个地方的企业都向她伸出了橄榄枝，工资待遇也差不多，她纠结的点和大多数人一样：上海作为国际大都市，能带给她所有想要的东西，而苏州没有那么大的压力，生活节奏更适合自己。

很多人都会遇到这个问题，解决的方法也大体一致：选择其中的一条，走下去，便也过了一生。小懒之所以在此时纠结，是因为她既想要大城市的光鲜，又想要小城市的踏实，且知道两者不可兼得，又不知如何取舍。其实，如果她换个角度去想，就会释然很多：选择两条路中的哪一条，结果都差不多，没有哪条路好很多。如果哪一天，有一条特别好的路摆在面前，她就不会纠结了。

不是吗？在大城市生活，可以利用各种便捷和优质的资源，但也要忍受吃不起好的餐厅、租不起舒适房子的痛苦；在小城市过得安逸，买得起自己的房子，还能过小资的生活，但也失去了激烈竞争带来的刺激感和快速成长的机会，也会有年轻时没有出去拼搏一番的遗憾。两者的优劣没有高下之分，不是说你在这个城市就能平步青云，在另一个城市，就会低如尘埃，所以不用过分纠结，选择其中一条，坚持而努力地走下去，就会很好。宁愿在路上多花些时间，也不要在选择点上犹豫太久。

前者是有建设性的，而后者更多的是消耗性的。

这样的纠结每天都发生在我们身边。一个刚刚工作一年的姑娘想要换工作的原因是想要双休日，而现在的工作是单休日。我很好奇，一天的时间对一个人的生活到底能产生多大的影响？她说："我现在都没有时间做我想做的事情。"可是，我怎么隐隐觉得，即便给了她那一天的时间，她也未必会去做自己想做的事情，很有可能是在一天的蒙头大睡中度过呢。

我不是不赞同人们为了"一天"去换工作，如果是有了孩子的职场女性，想要多出来一天陪孩子，于是坦然接受一份月薪可能较低、但有充裕时间的工作，这是理所当然的。然而这个姑娘为了得到这"一天"，心不甘情不愿，整日纠结：现在的工作很可能会有提升的机会，马上就会涨工资，而将来找到的工作虽然会有双休日，但需要从头做起，职业生涯的图景是完全空白的。

这种纠结和一天的休息带来的益处是不对等的。除非你能力很强，做足了各种准备，否则有没有双休日，对你的生活不会产生太大影响。相反，因为这一点，你的职业生涯会产生突变。你当然可以换工作，但以想要双休日为理由，多少有些"旗袍上的虱子"的味道，今日以这点为借口，明日就会以食堂饭菜不合胃口的理由再次调换工作。对一个职场人而言，时间是被计划出来的，而不是休假休出来的。

我曾经问过很多人："当你们考虑很久再去做事时，对结果的影响果真会很大吗？"

几乎全部的人都回答："不会。"

　　从小我们就被教育要深思熟虑，这样长期被规劝的后果就是很多人在很多情况下只是停留在想的阶段，很少去做，去行动。

　　如果不是决定公司是否上市、要不要生孩子、要不要放弃读大学等会让命运和生活产生直接转折的问题，就把日子过得轻松些吧。每天都会有碎屑式的选择，如果在这些选择上花费太多精力，哪还有好的状态去面对未来的挑战？更何况，这些犹豫并不会让你心甘情愿义无反顾地一路走到底，半路上，你还会继续纠结。

## 内心强大，才能放过自己

把每件事、每个人都当作修行，而不只是简简单单的经历。现在想来，我还有一句话没说，需要补上：内心强大，一定和爱自己有关。

世间有很多痛苦不是外人给予的，而是自己的内心太过软弱，外界的一丝风吹草动都能在自己心里掀起巨大的波澜。人与人之间坦诚固然好，但若是做不到理解，也要学着释然，这不是自欺欺人，而是体恤人性。

和朋友聊天时，某个人突然问了一句："你们觉得误解是可以化解的吗？"

在场几乎所有人都摇头，大家都认为："误解可以解释，但对方并不一定真的相信，很多时候还是会耿耿于怀。"

估计那位朋友正在为此事困扰，他急切地问："那遇到这种情况，怎么办呢？自己没有错，内心却要受煎熬，好不公平啊！"

大家又几乎异口同声地说："能有什么办法，忍着呗，受着呗。"

他听到这种答案，张了张嘴，欲言又止，我觉得他似乎还想问："忍不了怎么办？"

我心里默默地回应他："忍不了也得忍，因为这事儿和别人无关，就是你自找的啊。"

萨特的"存在主义"理论中有一个观点是"人与人之间是不能沟通的"，这一观点也可以应用在日常的交往中。倘若你试图对别人解释，摆出事实，讲出道理，但对方依然不为所动，这个时候，我们能做的不是继续纠结于怎样再次想办法说服对方，而是努力让自己去忘记或者说释怀这件事。若你一直惦记，对此事耿耿于怀而造成更大的困扰，这只能说明你的自我修复机制不强大，和有没有说服对方没有多大关系。

生活中，经常会遇到类似的看起来根本解决不了的问题。比如说我有一个朋友在某软件公司工作，公司开发出了新的 APP，她便找了一群好友来测试。在此之前，这款 APP 已经在公司内测过了，没有任何问题，但不知为什么，好友的手机在装了这个APP之后，有几个人的某社交软件账号先后被盗，于是，这几个人来质问这个朋友，觉得账号被盗和安装这个APP有关系。愧疚不已的她赶紧找来公司的技术人员一一查证，没有发现任何漏洞，而且，几十个朋友里面也只有四五个人的账号被盗，不足以说明就是这个APP导致的。

她不断地给朋友摆事实，希望朋友相信这款产品，更要相信她的人品，可是好友之间一传十十传百，大家为了保险起见都卸掉了它。她痛苦不已，觉得自己深陷"诚信危机"，不管怎样解释，好像都没有恢复的余地。因为这件事，她很难打起精神，一度需要吃安眠药才能休息，甚至事情过去半年后，她依然不能释怀，整个人都显得非常悲观。

和她聊天时，我建议她去找心理医生。刚开始，她是拒绝的，认为这和自己的心理没有关系，她考虑更多的是人与人之间的关系，她无数次地质问："人与人之间的信任就这样脆弱吗？"

后来，在一次偶然的聚会上，她巧遇了一位心理咨询师，和对方简单说明了一下情况，对方一针见血地指出"这和别人无关，只是你的心理在作祟"。之后，她便经常去心理诊室，慢慢地懂得了：世间有很多痛苦不是外人给予的，而是自己的内心太过软弱，他人的一丝风吹草动就能在自己心里掀起巨大的波澜。人与人之间坦诚固然好，但若是做不到理解，也要学着释然，这不是自欺欺人，而是体恤人性。

我对此深以为然。在日常的交际中，我奉行的原则是：我光明正大地去做事情，至于影响如何，我既不能左右，也不去关注。只做自己该做的事情，不管自己控制不了的，我发现，这种态度一旦建立，好多看起来似乎无解的问题都能得到解决。

有一个姑娘给我写信，讲了一个自己遇到的特别糟心的问题：她和前男友的现任女友同住一个宿舍楼，每日都能看到前男友和这个女生卿卿我我。她想了很多办法，比如错开时间下楼，比如想要打电话给前男友让他尽量少来楼下，有朋友建议她搬离这幢宿舍楼，换个环境，甚至有人说："你也可以谈个男朋友，让他难堪。"当然，这一切都只是想想。善良的姑娘不想伤害别人，但也不想自己受伤，她问我怎么办。

我没有好的建议，只是跟她强调了一下："不要试图去改变一切外部环境，只能从自己的内心下手，让它强大起来，强大到可以坦然面对前男友现在的恋情，别无他法。"一段恋情结束，不管你愿不愿意，都要在内心画一个终止符，不再去干涉对方，也不要让对方影响到自己，无论以何种方式，这是自爱。倘若自己做不到，那就得接受这种看似残忍的考验，直到明了"他人和自己无关"。

有人说内心强大是个很虚的词。是的，对内心很软弱的人来说，它是一个高远的存在，所以看起来朦朦胧胧，给人的正能量也带有一些虚假的效果。可是，当你的内心真正开始变得强大时，它便会产生一种持续增长的力量，让你爱自己，也理解他人的美好。

一个整天玻璃心的女友问我："如何才能拥有强大的内心呢？"

我很认真地说了一句佛家语："一切都是修行。"

把每件事、每个人都当作修行，而不只是简简单单的经历。现在想来，我还有一句话没说，需要补上：内心强大，一定和爱自己有关。

## 对自己"狠"的人，不会被生活淹没

人的承受力是无穷的，也像是弹簧，你用力挤压，它会产生一个又一个新的高度。你需要试一试，看看到底能创造出什么样的高度，成为怎样的自己。

和已婚的朋友聊天，她们往往会"语重心长"地劝我说："千万不要太早结婚，你看，结婚后我们这些女人都成了一个模样。"她们的确是发自肺腑，我也的确不想过那样的生活：一切都围绕着工作、丈夫和孩子转，身材臃肿，面目可憎，整个人都写着"风霜"二字。但是否会成为这副模样，和结婚没有多少联系，我身边也有三十五六岁的女人朝气蓬勃、性感到爆，有激情、有干劲儿。

还是那句我无比坚信的话：活成什么样子，和任何人都无关，只和你自己有关，归根到底是你的选择。每次我说起这句话，都会有女人来反驳我、质问我说："你这太绝对了，你不能丢下孩子不管，你不能不照顾好丈夫啊，你还得把家打理好啊！"亲爱的，那些自己活得很好的已婚女人，人家的孩子也健康成长，丈夫也事业有成，家庭也很和睦。人世间不存在"非此即彼"的道理，不是你自己过好了，其他方面就会一塌糊涂，世间最好的力量是平衡，是多方面的贯通，如果在"你"这里塌陷，在其他的地方也好不到哪里去。

那些没有被生活淹没的女人，不一定特别有钱，不一定嫁得很好，甚至不一定有好的工作，但在某一点上都一定是对自己狠的人，这个"狠"不是自残、不是疲惫劳累自己，而是在心中永远有一根弦，无论任何时候，都不放松它，这根弦可能是身材、可能是韧劲儿，也可能只是无论什么场合都穿得得体。

英国凯特王妃生下小公主十个小时之后，就穿着连衣裙、高跟鞋，得体而大方地出现在公众的视野面前，这个消息传到中国后，无数的网友都操心不已：这个女人也太狠了吧？才十个小时，这样会落下病根的。这些操心的背后的实质就如同在古代，女子在结婚之前是不可能见到将要嫁的男人一样。凯特王妃当然可以选择不出现在公众面前，或者裹着厚些的大衣也未尝不可，但她没有，之所以坚持如此美丽地出现，也许就是因为这是她心中的"弦"，永远以最美的姿态出现，无论任何时候。

不是只有王妃可以做到，在某知名节目中看到过一位选手，为了能参加节目，提早了生产。我当然不是推崇女人要这样做，而是说有些女人对自己的狠，真的让人惊讶的同时，多多少少有些佩服，更不要说人家孩子健康、自己也恢复得很好了。不说生产一事，单从王妃的角度来看，欧洲国家的元首大人，都给我们提供了某种范例：西班牙王妃43岁的样子和法国第一夫人48岁的气质，要完胜多少30岁出头的中国女性啊。我们可以不是一个国家的第一夫人，但是我们同为女人，要成为自己世界里的NO.1。观望一下自己，你是否有勇气说：我已经让自己觉得赏心悦目了。

其实，不管是明星，还是生活中比较让人艳羡的女性，都一定是在私下里对自己"狠"的人，而在自己身上用力，往往是最有效的。我身边这样的朋友不胜枚举：就是普通的上班族，也要每天坚持化妆，一点也不含糊，该涂抹的一层不少；已经成为大神级的网络作家，每天雷打不动三千字，一下子就是三年；家庭主妇，为了保持自己的身材，每天坚持做瑜伽一个小时，即便身材已经快接近完美了……

有很多时候，当我们得到一个不甚满意的结果时，会悔恨"为什么当初不再努力一点，再对自己狠一点呢？"。而现在放到整个人生里，你其实是不能悔恨的，不能说在此生积累了经验到来生再应用。被日常生活淹没是非常可怕的，你需要有一种力量，能够帮你在即便最无力、最灰暗的时刻，浮出水面，喘口气，最好还能找到让你长久栖息的岸。

人的承受力是无穷的，就像是弹簧，你用力挤压，它会产生一个又一个新的高度。你需要试一试，看看到底能创造出什么样的高度，成为怎样的自己。

## 我要过一种精良渗透缝隙的生活

> 为什么要向优雅的人看齐？不是出于崇拜、不是出于矫揉造作，而是出于你的真心、出于你的审美，你知道，那的确是好的，是优质的，是值得你做些努力去实现的。

这一年，因为大量地开会，密集地住酒店，所以在外吃饭次数最多的地方，就成了自助餐厅，从北方到南方，从三星级到五星级，从早饭到晚餐，"刷"了有上百遍。这个庞大的基数，让我每次漫步自助餐厅的时候，都像是在家里一样，没有一点生疏感，甚至还会和烤鱿鱼、做海鲜面的小哥儿撒撒娇，让他们不会使我等位太久。总之，吃自助成了我生活中再普通不过的一件事，随便到哪一家餐厅，三下五除二就盛好食材，开吃。

这样自以为家常的、自助就该随便的吃法，在年末的时候，却遭受了"重击"。女朋友来杭州出差，因为她的时间安排比较紧张，所以晚餐我们就在她入住的酒店里，以吃自助餐的方式解决掉了。

和以往一样，进去之后，我第一时间冲到我最喜欢的甜品区，一块块夹起小蛋糕，有秩序地把盘子摆满，心情大好；然后，去蔬菜区，这家酒店的青菜特别少，没有一样是我爱吃的，不过，上天也没有辜负我，有很多的小牛排、鱼肉、小排骨、鸡肉，我心满意足地放进另一个盘子，就这样一手一盘蛋糕、一手一盘鲜肉地来到我们的位置上。

刚刚坐下，我一看，她的面前只有一个小盘子，有次序地放着一些海鲜。我第一句冒出来的话是："你怎么能吃这么点啊？"她淡淡地说"吃完可以再去拿呀"的同时，惊讶地问我："你怎么拿这么多？而且这样算是什么样的搭配，吃起来会舒服么？"我瞪大眼睛，坚定地回复她三个字——我愿意！

那顿饭，好久没见的我们，聊得热火朝天。我看着她放声地大笑，笑到激烈处甚至咳嗽的同时，我也看着她干净、利落地吃完一小盘海鲜之后，接着去拿了一小盘蔬菜，然后是一小碗白粥，十几分钟后，吃了几块水果。每次她离开位置去拿食物时，盘子上都是非常有序的，服务员如流水线上的工人一样，很顺畅地帮她换掉，然后她回来，像是带着偶像剧女主角的光环一样，是真的在享受被服务。而我呢，盯着面前吃了一半的甜品，几乎没怎么吃的肉类，有些不知所措。似乎服务员也很尴尬，已经为我女朋友换过很多次了，而我的东西一动没动，或者说根本就无从下手。

　　这是一件很小很小的事情，小到她根本就没有注意到这个细节，对我而言，却让我深思了很久。其实，那天我在她面前是非常狼狈的，像是从乡下来的刘姥姥，第一次真切地感受到：即便面前摆着同样的一堆食物，有人会吃出女神的样子，而有人，如我，则吃得灰头土脸。可是，明明我在一年的时间内，已经吃过上百次的各式自助了，为什么还会出现这种情况？

　　问题到底出在哪里？

　　这让我联想到有一次在飞机上遇到的情况。大约是下午三点多的时候，服务人员开始分发机餐，到我身边时，我身边一对六十岁左右的老夫妇摆摆手说：您好，我们不需要。空姐刚刚往前走了几步，就听到一个女士很大的声音说："可不可以给我两份盒饭，我太饿了！"周围的人全都侧目视之。当然，很多人会对我观察到的情景评价说："贱人就是矫情，人家付了机票，又饿了，多吃一点又能怎样？"是啊，又能怎样？如同我花了钱去吃自助，不应该是愿意怎么吃就怎么吃，愿意吃多少就吃多少？

　　我可能到了不再允许自己"愿意怎样就怎样"的阶段了，开始变得在各个方面都要求自己精良、克制和有一种优质的范式。你希望"过去的那个自己死掉",却发现总是在某个神不知鬼不觉的时候,它就暴露了你过去的痕迹,让你觉得心中有了一颗痣。在吃的问题上,我花了两年多的时间,才让自己不吃那么多,吃多少盛多少、拿多少,倒不是出于不浪费的考虑,而是我知道:当我拿东西,尤其是免费的东西的欲望增大的时候,我是不节制的,是放任自己的。我不能这样,我想要过一种能控制的生活,从方方面面,边边角角,都要。

可能我还要再花几年的时间,才能像我的女朋友那样,有层次地把一顿自助都能吃出大餐的样子,才能不会让我将甜食和肉类并置在一起。有些人的贵气或者优雅,是天生的,来自于熏陶和环境,而我们这些从底层生长起来的人,每一步、每一点都是需要训练的。你或许会说:做自己不是很好吗?为什么要向她们看齐?——为什么?不是出于崇拜,不是出于矫揉造作,而是出于你的真心,出于你的审美。你知道,那的确是好的,是优质的,是值得你做些努力去实现的。

我一个人毫无知觉地、以补充体能为唯一目标地吃了一百多次自助餐,几乎没有什么快乐可言,就是为了吃而吃,甚至还会因为搭配不合适,身体不舒服。她也不是有意识地吃出那么有秩序的一餐，可是，她应该也是从有意识地安排自己的饮食开始，才走入了一举手、一投足都利落、精良的阶段。安排和控制自己，并不会让生活失去乐趣，只会让生活失去低级的快感，从而收获到更高级的愉悦。

忽然，还想起今年我做出的另一件关于吃喝的哭笑不得的故事。和还不太熟的朋友，相约去星巴克。渴得不行的我，拿到滚烫的咖啡之后，为了让它迅速降温，我便把盖子扔掉，直接大口饮用了，我无意间看到了对方不自在的眼神。没有人规定咖啡应该怎么喝。可是，这个事情过去很久了，依然会让我一个人时，想起来就觉得尴尬。也许，真正让我放不下它的，是我担心有一天，我也会像我在飞机上侧目视之的那位女性一样，做出根本觉察不到的、赤裸暴露生物性的举动吧。

## 二十八岁，本应有可能是一个熟龄的状态

如果你想人生舒展，过成自己想要的生活，那就从建立自己的精神世界开始。一个空洞的、乏味的、世俗的脑袋，无论在怎样的时代、什么样的环境下，都不会导向优质。

我出版第一本书是在24岁。新书出来后，我做的第一场分享会是在我的大学母校。当时，请了我非常敬仰的一位媒体人、作家，同时也是我的校友王开岭老师来做我分享会的嘉宾。分享会结束之后，学校老师和我们一起吃饭，席间，各位老师对我不吝赞美，基本上都围绕着一句话："这么小的年纪，就写出这样的文章，太厉害了。"

我对所谓的"赞美"和"褒奖"从小就有一种无所谓态度，因为觉得无用，倒是对批评有一种很急切的渴求。但在那种场合下，我也只能面带微笑，对各位老师说："谢谢老师的鼓励，我会继续努力的。"其间，王老师几乎没有对我做出任何评价，我隐约

觉得他应该有话要对我说，只不过现在还不方便而已。

果不其然，饭毕，王老师把我叫到一边，在一个乱哄哄的餐厅的过道里，对我讲了一句话：24岁，本应该写出更有深度的文章。这句话，他一说出口，你知道么，我特想立刻拜他为师。

或许有老师可以告诉你写作技巧，或许有编辑告诉你畅销秘诀，但只有有才华的长辈，才会告诉你：你的深度应该在哪里。他的一个理念，深深地震撼了我——这个时代都晚熟，连作家也是，你看之前的时代，在二十几岁，基本上都已经在自己的领域到达了顶峰，成为了大家；而现在，随便写几篇文章，大家就都觉得了不得了。他对我是"不满意"的，而这种"不满意"，让我看到了自己成长的空间，我会一辈子都记得。

某天，听广播时才知道，许知远在写《那些忧伤的年轻人》时，也才24岁。现在，在我的书架上，我的书和这本书是放在一起的，紧紧贴着的，我故意这么做，为的是展示给自己看：你和许知远的差距在那里，更不要说是一些更伟大的人物了。这个距离和"深度差距"不是说所涉及的面、所探讨的问题有多么大，而是看问题的角度和能力在哪一个层面上。

外界评价蒋方舟小蒋同学是"天才少年"，不，一点都不天才，她才算是"正常"的，只是我们这些人"不正常、晚熟"了而已。倘若你在几岁、十几岁的时候，一直都有阅读的习惯，等到二十出头，一定会有某种程度的勃发，会呈现爆炸性的状态，是符合成长规律的。

其实，小蒋同学是很容易被人找到成长踪迹和脉络的，从她的文章里面可以看出，她的精神导师、精神轨迹是怎样的，都是一点点地学习，一点点地积累、培养起来的，绝不是从天而降，是一砖一瓦筑起来的。

当然，一个人的成长是多种因素影响的结果，社会因素，包括教育体制等都会产生作用，但不管怎样，我们都应该清楚地认知自己现阶段的定位：我们本应该足够成熟，有足够的见识和涵养，有独立判断和成长的能力，应该要为自己的人生负责了。

不要随意挥霍自己的二十几岁，在迷茫和不知所措中焦虑不已了，往前几十年、几百年，二十几岁的人早已成为社会的中坚，也把自己的人生上升到一个高度了。

我的邮箱里静静地躺着无数封邮件，标题大致都是一样："帮帮我""请给我一个答案""迷茫的青春"等等，它们静静地躺着，如同写这些邮件的人，暗淡无光、没有活力。都是二十几岁的年轻人，没有自己的精神世界，对物质有极大的热情却没有能力得到，全部的生活都是琐碎的点点滴滴：父母给我安排稳定工作，可我不想要；我至今没有谈过一次恋爱，是因为我是一个不愿将就的人；我不知道该做什么工作……

你知道么，每次当我从书卷之中抬起头，打开电脑，想要休息，却紧接着看到这些邮件时，真有一种天堂和地狱之感。我知道每代人都有每代人的迷茫和忧伤，但忧伤和迷茫不是生活的全部，你需要在你能为之改变的地方着手。

中国的高等教育越来越普及，上大学的人越来越多，可笑的是：灵魂没有重量的人却越来越多。这种"可笑"中，也包括我对自己的自责。很多人抱怨说"鸡汤"只鼓励人，并没有告诉人成功或者变得优秀的途径。可是，一旦最本质的东西说出来，你依然没有办法做到，或者依然还认为只是"鸡汤"。如果你想人生舒展，过自己想要的生活，那就从建立自己的精神世界开始。一个空洞的、乏味的、世俗的脑袋，无论在怎样的时代、什么样的环境下，都不会导向优质。

第二辑

我从来找不到允许自己堕落和放弃的理由，
因为我的奋斗不需要任何理由

陈亚豪 作品

没有人随便就可以穿出得体的衣服，

没有人随便就可以站在舞台上侃侃而谈，

没有人突然就过上理想的生活，

都在攒足了劲儿，

一点点往前推进；

一直在攀登，

在勇猛向前。

## 你的成长，无人可以代偿

经历欺骗和伤害之后，还能保持信任和爱的能力，是人生最大的勇敢之一。

收到一个朋友的私信，留言的时间是夜里3∶15，将近一千字的长篇留言。他说看了我的一些文章后引起了很大的倾诉欲望，留言里大多是一些痛苦的经历、成长路上的苦闷和彷徨。他问我是否也堕落过、怀疑过。我认真地看了三遍他的留言，心里酸酸的，很久不能平静，写了很多啰啰嗦嗦的文字。在准备点击发送的那一刻，又把它们全部删掉了，只回了一句∶"不要担心，一切都会好起来。"

昨天看了部电影，电影中有一个场景让我印象很深。男主角和同事们吃宵夜，饭后大家各自离去的时候他突然追出去，跑到一个年长的老者面前说∶"你是过来人，阅历丰富，我遇到点问题想请教你。"

年长的老者说："你讲。"

男主角站在那里，吞吞吐吐，欲言又止，半晌也没说出什么。他双手插在外套的口袋里，脚尖茫然地踢着地面，抬起头来没有目的地环顾着周围，神情复杂而痛苦，但又极力表现得自然，可眼底却隐约闪着泪光，他心里其实很痛苦。老者看到他这副样子，半天憋不出一个字，便伸手拍了拍他的肩膀："You'll be fine。Don't worry，you will be fine。"他依旧站在那里，呆滞的表情好像在问："你怎么知道我会好起来？"

两个人缄默不语。老者临走前似乎有点儿不放心，回过头又拍拍他说："You will be fine，ok?"他点了点头。

每次朋友找我谈心，虽然从不推辞，但到最后却常会自叹无用，只得自始至终充当一个倾听者。我努力地感同身受，组织语言，在准备安慰时脑袋却好像卡了壳儿，什么也说不出。可是当他们走后，一个人躺在床上，眼前又像过电影一般，浮现出很多过去的光景。

每个人的成长都是一台自编自演的独幕剧，即便别人参与再多戏份，也始终无法感受到你所有的悲欢喜怒。

　　曾经多少个夜晚自己彷徨失措，心中的苦闷憋到快要爆炸，可当走到可以倾诉的人面前时，那些迷茫又好像断了线的风筝，就那么飘在脑海里，却捕捉不到。这时年长的前辈看着我眼里的痛苦，却始终张不开嘴，只好拍着我的肩膀安慰我：“不要担心，会好起来的。”我心里很失望，觉得这是可笑的废话。可当我现在面对年轻一点的朋友时，虽然心里真的有很多话想对他说，可最后还是只能安慰一句：“不要担心，一切都会好起来的。”

　　就像电影中那位老者，很多时候纵然心底有再深的共鸣与同感，恐怕也只能说一句："Don't worry, you will be fine。"

　　成长始终是一件需要独立面对的事情，无人可以代偿。

　　我六岁的时候得了一种神经方面的疾病，在当时是很怪的病，北京还没有医院可以医治。那个病很痛苦，类似轻微羊癫风，但却是持续性发病。所以小时候所有的小朋友都把我当成怪物，不愿和我玩，一起嘲笑我、排斥我。

　　有些老师上课时还会学我犯病时的样子，然后全班同学哄堂大笑。我常常在课上一个人低着头，忍着泪水握着拳头。那时几乎每个晚上我都会一个人偷偷地哭。后来父母终于找到了一家中医研究所可以医治我的病。给我治疗的主治医师是一位慈祥的老奶奶，她告诉妈妈这病是由于天生的神经缺陷造成的，很难根治，并且容易复发，一定不能再受任何心理刺激。

后来我就休了一年的学，妈妈每天带我去市里治病，全身上下扎满针，每晚喝两大碗糊状的难以下咽的中药。可有时候自己还是会犯贱，偷偷跑去学校找小伙伴玩，结果被人家嘲笑后又回来，晚上一个人躲到被窝里蒙着头哭。

虽然每次都极力忍住哭声，但还是会被妈妈听到。她听到后赶忙过来安慰我，结果每次到最后都是抱着我一起哭。

病治了整整六年，嘲笑、讽刺、孤独，伴随着整个童年。那时妈妈对我说的最多的一句话便是："你要相信，一切都会好起来的。"

所有的自卑、嘲讽、疼痛、迷茫、泪水，最后还是自己一个人咬着牙忍着，一步一步走过来了。

很多年过去了，每每和朋友聊到童年，自己都会闭口不语，不愿和人提起；但也是由于灰暗的童年，让我被迫提前学会了坚强和隐忍。后来经历的事情再痛苦，回想一下童年的自己都会轻松地笑笑，现在偶尔会和很好的朋友说到那些过去的经历，每次还会自嘲两句。当你发现那些曾经让你最难过的事终于有一天可以笑着说出来时，也便真的明白了成长的意义。

高中那三年，算是自己成长道路上第二个灰暗的时光。那时经历了很多难以承受的痛苦，讽刺得简直就像小说里的生活。成绩从重点班前列掉到普通班中等，又受到校方处分，校方多次向父母提出希望我转学的要求，可这一切并不是我的过错，也并非我的意愿。那三年我整个人变得非常消极和极端，周围的朋友虽然理解，但不知该如何安慰，只好选择无声地陪伴。

老师总喜欢在别的同学面前拿我当反面教材警示大家，在父母面前我又要努力假装轻松，实在不忍心让已经够操劳的他们再为自己担心。所有的苦闷和委屈只能一个人咽进肚子里，让它们慢慢烂掉。

每天上课脑子里都是空白一片，就那么望着窗外，多少给自己一点宽慰。每晚都会一个人抽很多烟，一连几天睡不着觉。每个天空微白的早晨，我只能擦擦湿润的眼眶，撑着混沌的脑袋继续去学校鬼混一天。

堕落、迷茫、无助，是每天流淌进自己血液里的字眼，深入到骨髓。每个周末的晚上，我都会半夜穿上衣服一个人去街上游走，那时候真是孤单无助。

那时的我，消极、堕落、仇恨，怀疑一切善良，质疑所有美好，差一点就亲手毁了自己。

就那么迷惘着，被卡在某个甬道的半途，退不回去，也走不出来，虽然明知不想要眼前的这种生活，却又不知道自己想要的究竟是什么。每天总幻想着如果一觉醒来就可以像电影里出现一行字幕：已是数年以后，该多好。

我不知道我这些曾经成长中的疼痛和迷茫，能否让你感到一点点的宽慰，也不知道这些成长中孤独和迷惘的感觉你是否感同身受。我并非矫情造作，也绝非借题标榜自己，只是想让你知道，你的成长不是例外，也并不孤单。

太多太多人的成长，倘若加上一点夸张的手法和渲染的词汇，都可以成为一部催人泪下的励志电影。

所谓成长，就是要逼着你一个人跟跟跄跄地受伤，跌跌撞撞地坚强。

这个世上没有多少人像向日葵般，每天只要沐浴着阳光就可以安静地长大。

谁不是一边受伤一边学坚强。

有谁看到现在大大咧咧的他，能想到那些深埋心海的过去。有谁看到如今脸上总是挂满微笑的少年，会想到他曾在多少个夜晚蜷缩在角落里一个人孤单迷茫。每一个懂事淡定的现在，都有一个很傻很天真的过去；每一个温暖而淡然的如今，都有一个悲伤而不安的曾经。谁的成长不曾与泪水相伴，谁的成长不曾和孤独为友，谁的成长又不曾布满乌云。

但现在的我、现在的你，无论曾经多么迷茫和痛楚，都已走出乌云。虽然还有更深的黑暗在前方等着，但无论是什么，你都要慢慢学会一个人承受。你的成长，无人可以代偿。你也要相信，你并不是孤身独行，在这世间的许多角落有很多人正在和你一起经历、一起彷徨、一起摇摇晃晃地长大。

遭人误解，被人抛弃，受到诋毁，遇到贱人，爱情的伤害，梦想和现实的差距，每个人的青春里都会有几场大雨，谁也不能替谁淋。

我们都曾在成长的路上呐喊过、失望过、彷徨过、悲伤过，但你一定不要放弃对梦想的坚持、对爱情的相信、对美好未来的憧憬。

即便屡受挫折，也仍要在心中留存一道阳光；即便曾遭人欺骗，也要依然执着地相信简单和美好；即便尝尽冷漠，也要留住残存的温暖。

不要让那些你曾经厌恶和痛恨的，最后把你变成了你最厌恶的样子，不然，这才是成长对你最大的伤害。

经历欺骗和伤害之后，还能保持信任和爱的能力，是人生最大的勇敢之一。

无论多么深刻的伤害和惨淡的过去，无论是身体上的折磨还是内心的彷徨挣扎，最终都会在成长的道路上筑成属于你自己的风景。

走过之后，这些都是日后说起时，连自己都会被感动的记忆。

成长的路上，倘若没有一点惨痛的过去，又怎会迎来耀眼的未来。

一次痛彻心扉换一次成长，每个人的成长都是用痛楚和眼泪换得的，只不过我们都习惯了隐藏。可除了这样自顾自地倔强隐藏又能如何呢？没有人能代替你我长大。

不必奢求他人的帮助，不须依赖他人的陪伴，不要寄托于他人的解救。你穿过路上的灰暗，自会获得照进身体里的阳光。

恍然之间，就好像是一觉醒来，很多年过去了。回想起那些过去的成长，自己也不知是如何走过来的。有时感慨，其实真的没有什么智慧或者阅历之类的东西，一切不过是因为时间，只要你能走过来，无论快慢。无论是带着微笑还是流着泪水，只要你能走过来。

我的朋友，你的忧伤、你的无助、你的迷茫，其实我全都看得见。

我的心里也全知晓，但是我所有啰啰嗦嗦的话，全是出于有心，却又好像无所用意。

也许你听不明白我在说什么，我甚至自己也不确定，但我所能确定的事情有一件：

"不要担心，你会好起来的，一切都会好起来。"

"You'll be fine, trust me。"

## 照顾好自己，并不轻言放弃

一个孩子最让母亲心碎的一刻是什么时候？就是那个孩子想要放弃自己的那一刻。

去年冬天的时候，我去找一个老同学吃饭，他正在攻读教育专业的硕士学位，那天他在听一个讲座，我到的时候还没有结束，索性就进去听了一会儿。

我不清楚这是什么内容的讲座，不过有意思的是，我发现来听讲座的都是年龄四十到五十之间的阿姨。朋友告诉我，她们都是妈妈。

台上的老师在现场提出一个问题："各位母亲，请你们回想一下，孩子让你心碎的那一刻是什么时候，五分钟后我们开始讨论。"

"孩子让你心碎的那一刻"，这个问题引起了我的兴趣，作为儿子，我似乎从未想过自己让母亲心碎的那一刻是什么时候。我在脑海里和在场的妈妈们一起回想起来。

五分钟后，阿姨们陆续开始发言。

"女儿一而再、再而三对我撒谎的时候。"

"儿子交过一个女朋友，想结婚，我没有反对，只是希望他们再相处一段时间，多了解一下彼此，结果他直接住到女孩儿家里去了，不要老娘了。"

"有一次闺女和我吵架，吵得很激烈，她冲我嚷了一句：为什么我会有你这个妈妈。我知道她只是一时冲动，但那两天想起这句话就想哭。"

"儿子十八岁生日那天，我开玩笑问他以后想找一个什么样的媳妇，他看了我一眼：找个比你漂亮的。气死我了。"

阿姨们的发言越发踊跃，现场很热闹，我在下面听得一会儿心里难受，一会儿忍不住嘎嘎乐。

这时候一个阿姨接过话筒，站起来缓缓地说："最心碎的那一刻，是孩子对我说，他想放弃自己的那一刻。"

现场突然安静了。好像大家都被拽进了自己的回忆里，过了半分钟，阿姨们纷纷默默点头表示赞同，有些妈妈的眼里甚至有些湿润，我不知道是为什么。

台上的老师拿起话筒："这应该是所有当母亲的最有共鸣的一个答案。"

思绪忍不住地回转，脑海里浮现出高三那一年的自己。那一年因为一些经历的刺激和幼年的神经疾病病史，患了轻微抑郁症和迫害妄想症，情绪完全不受自己控制，精神近于崩溃，每天在恍惚和挣扎中度过，时刻在与自己对话和斗争，但还是无法战胜自己。

那一年，每周都会请假一天，妈妈带着我去看心理医生，她坚持不用药物治疗，虽然药物的效果会更快。

就像又重新回到了童年治病的灰暗时光，没有朋友，无处诉说，活在自己的世界里。只有妈妈始终陪伴，即便她也不能理解我那些疯狂扭曲的想法，无法给我减轻一丝痛苦。

她在我面前总是很快乐，从来没有表露出因为马上要高考了而对我的担心和忧虑，总是和我聊那些轻松愉快的话题，虽然大多时候我都沉浸在自己的世界里，根本没有听她在讲什么。

她觉得我很棒，因为她相信我一直在努力战胜自己。

后来我对自己妥协了，算是放弃了吧，因为这样的精神状态连一道题目都无法集中精力读完。高考的日子越来越近，大家都在奋笔疾书，跑得越来越快，可我却在看心理医生，就想干脆破罐破摔了。

那时的班主任很照顾我，一直在关心我，她觉得这样下去我很可能把自己毁了。当初我是被保送进这所市重点高中的重点班的，被很多老师设为清华北大的苗子。

她打电话把我在学校的情况如实告诉妈妈了：上课不是睡觉就是在那儿发呆，连课本都不掏。作业从来都是上交前找个同学的抄两笔交差，怎么说他都跟个木桩子一样，理都不理你，一身的烟味。

这是班主任找我谈话时告诉我的。她先跟我道了歉，她说自己没能力帮助自己的学生，她觉得对不起我，并且很后悔把这些情况告诉我妈。

她和我谈话的时候，我还跟傻子似的沉浸在和自己的对话里，她那天说了很多，我基本没记住什么。可听到"后悔把这些情况告诉你妈"时，我回过了神。

"为什么后悔，这是作为老师的您该做的啊！"

"那天在电话里和你妈说完这些情况后，她就突然哭了。她以前对你的状况一直很乐观，也很相信你，可那天她在电话里哭了很久，哭得我也很难受，不知道该怎么安慰她。"

然后我就哭了，鼻涕流一嘴。我不知道是当时自己真想哭，还是因为那时情绪不受控制才哭的。班主任不停地用手给我擦眼泪、擦鼻涕，把我当个小孩儿一样，什么都没再说。

那天之后我就开始拼尽全力地逼自己了，几乎到虐待自己的程度。一个小时里我只能集中精力二十分钟，那就学三个小时来弥补。距离高考的那两个月里，我每天都是夜里三点睡觉，六点起床，白天上课站着听讲，为了抵抗困倦和集中注意力。我以前觉得为了学习用笔尖扎自己的学霸都有病，可我居然连着扎了自己两个月。

妈虽然心疼我，但从不阻拦我。只是在夜里三点钟我关了台灯，准备躺下睡觉时，准时来我的屋里端上一杯热牛奶。我不知道她是定了闹钟，还是一直没睡在等着我。

后来当然什么都好了，什么都过去了，啥事没有，现在不是帅哥一个嘛。

高考成绩和老师们对我的预期相差很大，但好在一本压线，去了个还不错的大学。高考过后的那个暑假里，我一直沉浸在对自己的怨恨里，恨自己，恨自己的所有。

人来到这个世上，就是来受苦的。谁没有点病痛和挫折，谁没有过彷徨和挣扎，我从来没怪过那些经历和老天爷的戏谑，我只怪自己，怪自己有过的退缩，怪自己尝试过的放弃。

临去大学的时候我回高中看班主任，那天一些过去的任课老师正好也在，除了班主任，其他老师都不了解我高三时的情况。过去的物理老师说："你这成绩怎么整的？是不是偷懒了，小子？"

我不知道该如何回应，挺委屈的。可难道用那些过去的痛苦来解释此刻的委屈吗？这世上有太多苦楚，你袒露心扉地讲出来，在他人眼里不过是借口和软弱罢了。说出来还不如什么都不说。

我惭愧地点点头，赔着笑脸说："是啊，真后悔那会儿自己偷懒，不知道努力。"

班主任在一旁打岔，过来拍我的肩膀，看着那些老师笑着说："不就是一个高考嘛！现在去的大学也挺好啊，以后的路还长着呢，我们亚豪以后会越来越优秀，因为这孩子从来不会放弃。"

当时我鼻子就酸了。不过这次没掉眼泪，那时候病都好了，已经可以很好地控制自己的情绪了，可以很随意地装酷了。

大一那年的母亲节，我给妈妈发去一条短信："妈，母亲节快乐。谢谢你带我来到这个世上，我会努力成为你的骄傲，永远。"

妈回了一条："傻孩子，不轻言放弃，你就是妈妈最大的骄傲，永远。"

大学毕业前的春节，我和两个好哥们儿一起去看望另外一个哥们儿——小山的父亲。小山母亲在他幼年时离开了这个家，小山从小和父亲过，大二时去当了兵，快两年了。

小山的父亲这些年都是和儿子两个人过日子，身边一直没个女人，现在儿子又去了远方当兵，他挺孤单的。

去了之后才发现，他确实很孤单。一个年近五十的人能跟三个二十出头的小伙子喝到天昏地暗，不知道有多久没人陪他说说话了。一下午的时间，我们喝了三瓶白酒和一箱啤酒。

我们几个都知道，小山的父亲是那种典型的把自己对人生的不如意和未实现的理想全部施加在孩子身上的人。

可能是小山大了，可能是父亲老了。酒桌上小山父亲从未提及任何一句对小山的期望和要求，只是一直在大舌头地讲着小山身体哪哪不好，该注意哪些方面，让我们记下来到时提醒他，真的比当妈的还细致和啰嗦。

直到我们走的时候，他依然一手撑着下巴，一手挥舞着，眼睛一眨一眨地讲着那些说了一遍又一遍的语无伦次的话。

"他爹我没出息，只能让儿子去当兵，为了以后出路好些，可我儿子有出息，他愿意吃这苦，他肯定比我有出息得多！可他有没有出息都是我的孩子啊，我就是想让他学会坚持，我就是担心他照顾不好自己的身体，他从小身子就弱，你看他，比你们都瘦两圈、矮半头的……"

打小山去当兵后，他从没给他爸打过一个电话。他恨他爸气走了他妈，他恨他爸从小就不像其他父亲一样照顾儿子，他恨他爸没能力，让他吃尽了苦。

去年十一的时候，小山给我打来电话。他告诉我，他爸竟然大老远来新疆看他了，可连面都没见到，把一箱牛肉干、两盒牛奶，还有他小时候最爱喝的一箱苹果汁放到部队门口的哨兵那儿就走了。箱子底下放了一个信封，什么都没写，只装了五千块钱。

他爸的收入一直不稳定，小山看见过他爸吃鲍鱼喝茅台，可大多时候是看见他在家就着咸菜啃硬馒头，咂着嘴喝两小口二锅头。

我在电话里告诉他，去年春节我们几个兄弟去看他爸了，他希望你有出息，更希望你照顾好自个。

小山在电话那头沉默了两分钟。两分钟，一百二十秒，我以为是信号出了问题，已经准备挂断电话了。

"我会活得很好，也会努力出人头地。有他在世上一天，我就得这么坚持，我也不知道为啥。

"就算不在乎他，甚至恨他，可也总想着为了他也要让自己活得好点，你说人怪不怪？"

小山退伍回来的第二天，立马来找我们哥儿几个不醉不归。酒桌上，他唾沫星子满天飞地跟我们讲这两年在部队的故事，他掀起上衣秀他的八块腹肌，他仰着下巴颏儿告诉我们："老子拿了优秀士兵。"

我们都觉得他在扯淡，大学那两年的他不仅连进步奖都没拿过，挂科都挂到了老师不忍收他补考费的地步。

喝到双眼迷离的时候，小山撩起了裤腿，直接跷到了饭桌上，一条挺长的疤。

"去大山里拉练时意外受的伤，粉碎性骨折，放了条钢板，过了两个月该训练照样训练，没跟你们说过，就想着回来时炫耀下。

"主要怕你们几个管不住嘴跟我那个爹说，他肯定又得一副屌样地骂我没出息，心里又他妈着急得跟自个儿折了腿似的。

"忍忍就过去了，算个屁事。"

小山以前是一个玩世不恭的人，喜欢放纵，蔑视一切他人所坚持的事物和感情。

2013 年 8 月份，我和一个女孩儿通了最后一次电话，后来她的电话就打不通了。

那时她在加拿大，半夜给我打来越洋电话，我们高中时是好友，后来联系得越来越少，她在电话里说"姥姥没了"。

我知道，她从小是姥姥一个人抚养长大的，爸妈都是做外贸生意的，常年漂泊在外，她和他们的感情很淡。过去她和我聊天时，每次提到童年那些快乐、暖心和难忘的回忆时，她总是姥姥长姥姥短的。

对这种感情概括起来说就是：童年到少年的回忆里，每一个

"爱"字，都是姥姥教会她如何书写的。

可她在电话里只告诉了我姥姥去世的消息，后面聊了几句无关痛痒的话题便挂断了电话。

后来就没了消息，蒸发了一样。

一直到第 2 年 3 月底，我和高中时的几个同学聚会，在饭桌上想起了她，打听了一下她的近况。

正巧一个在场的学霸和她后来申请了加拿大同一个学校的研究生，两人有过几次联系。

大致的情况是，她非常想继续读研，但申请研究生失败了，就差了一点儿。随后她一边兼职打工一边继续努力申请研究生，过得很阳光，人也比以前更靓丽了，好像一点儿打击也没受到。

"她爸妈呢？没给她出点主意或帮下她吗？"我问那个同学。

"这个问题我也问过她，这种情况按说应该就直接回国找工作了，没必要在那边耗下去。但她当时给我的回答是她要坚持，靠自己坚持，为了让姥姥放心。我不大明白，关系不熟，也没多问。"

是啊，肯定不会明白，那时候她姥姥已经去世了。

我从老同学那儿要到了她的新微信号，加了她好友。

我俩都是白羊座，她的生日在四月初，我想正好能赶上祝她一句生日快乐，也关心下她。

大概过了两天，好友通过了。第二天是她的生日，可我只发了一句"生日快乐"，除此之外没再说任何话。她回了一条"谢谢，你也是"，然后一个龇牙乐的表情。

通过好友的时候，我看到她的微信签名上写了一句："要让姥姥放心，加油！"

我觉得她很厉害，厉害到我觉得多余的关心和询问只会唤起她不必要的愁楚。就这样，挺好的。

一个女孩儿，孤身一人在国外颠沛求学，无依无靠，失去了至亲又被打破了当下最渴望实现的理想。她会有很多个辗转反侧的夜晚吧，也会有一个人走到街边在一个无人的角落偷偷哭泣的时候吧，但那些难以入睡的夜晚和流过的泪水却好像从未存在过一样。

过去收到的一些读者留言里、朋友喝醉时、半夜失眠发表深沉感触时，都问过我同一个问题："你说人活着究竟是为了什么？"

我总觉得问这个问题的人，一定都活得很累吧。无忧无虑的人，从不会有这样的疑问。

可又有谁会真的无忧无虑呢？为什么人会觉得活得累，为什么那么多人要活得这么累？

为什么不能肆意放纵，享受放荡？为什么不能挥霍时间，游戏人生？为什么不能跌倒了就不再爬起来一直躺着，再也不用跌倒？

因为我们都背负着感情吧。

背负着亲情、友情、爱情，和那些匆匆来过又匆匆离去的人留下的难以回报的恩情。

肩上背着它们，怎么会不累呢？会有责任、有压力、有期望、有束缚。

年少时幼稚的自己总觉得他们都是枷锁和链条，很多时候，甚至要为此逼迫自己做那些最不喜欢的事。

明明是只向往着无际天空的鸟儿，却因背负着他们，把自己关进了笼子里。

可后来才明白，如果没有他们，也许自己从不会拥有那想要展翅高飞、可以视风雨为无物的坚强羽翼。

孤单时、彷徨时、一个人在异乡为异客时，想起他们，就好像暗夜里突然升起了一个对自己微笑的太阳。

什么都不叫事了。什么无处诉说的，都可以咽进肚子里了。

他们或许给过你束缚，可同时给了你最有力的翅膀。

爱，给予一个人的力量真的太强大了。哪怕那个给予你的人已经逝入人海，已经去了另一个世界，可留下的记忆随着时光的流逝，却会愈发炽热。

你把"爱"字拆分一下来看，不难想象到，就是有一个人在每次下雨的时候为你撑起了一把伞，待你如友，没有年龄的差距，没有时代的隔阂。这就是"爱"。

我有时候也会很迷茫地问自己，人到底为什么活着。

为了回报吧。

回报那些让你的垃圾变成糖、让你的心尘开出花，当你蜷缩在黑暗一角时为你照进一丝光芒的人。

可就像我，也是用了很久的时间才明白，那些爱你的人，从不会在乎你活得光鲜或黯淡、荣耀或庸碌，他们关心和在意的是你是否平安健康，是否一直走在自己的路上。

姥爷走的那年，我翻家里的老相册，在一张他两只手分别牵着我和妹妹的照片背后，看到一句字迹隽永的话：吃饱饭，咬住牙。

他曾是省市重点高中的校长，饱读诗书，是那个时代的高级知识分子。可活了一辈子，他所留给后辈的希冀不过是这六个字：吃饱饭，咬住牙。

　　跌进拔不出脚的泥泞时、重重地摔在地上时、被阴霾笼罩看不清未来的路时，我就索性什么都不想，把自个照顾好，咬牙多坚持一会儿。这就是我要做的。

　　命运多舛，一路走来，才明白一个最简单的道理。照顾好自己，并不轻言放弃，便是对至亲与挚爱最好的报答。

　　人活着到底是为了什么，想那么多干吗？吃饱喝足，照顾好自个儿，咬紧牙关，别动不动就放弃。这就够了。

　　这篇文章是杂志给我的命题约稿。围绕"我也曾独自面对"，讲一讲自己独自面对的一些艰难和困惑。

　　命题作文总需要最后扣下题嘛。我也曾独自面对……独自面对……面对……面……以下全为省略号。

　　就像年少时的你我总喜欢主观地夸大非难，不由自主地就会沉湎于自己铸造的悲伤与孤单的城墙中。

　　可如今回想，我却好像从未独自面对过。

　　总有某个亲人和挚爱在默默地陪伴着我。为什么那时稚嫩的我常忽略了他们，因为他们总是站在远远的某处。为什么他们要远远地站在某处，远到我忽略了他们，因为他们恨自己无力帮我减轻苦痛，还不如悄悄站在一个角落默默陪伴。

我觉得自己从未独自面对过什么，因他们，我学会了独立面对一切。

## 愿你敢爱如那年，但已不匆匆

后来啊，我明白，所有过错其实都可以用错过来释怀。

只愿你不再心怀遗恨，信爱如少年。只愿你敢爱如那年，但已不匆匆。

前些天晚上和兄弟里则林去看了《匆匆那年》，散场后，我俩在寒风里站在马路边一人连着抽了两根烟，然后看着对方"哈哈哈"大笑，没有一句对话。

我们都曾有过一段将近七年的恋爱，从穿着肥皂清香味的校服到笔挺西装。那时还想着以后一定要牵着对方的手气势汹汹地回到母校告诉老师：谁说早恋就不会有结果。

如今只得感叹，人生中相见恨早的概率其实远远大于相见恨晚。

是年轻曾让我们义无反顾，倾尽所有，可到头来，或许也是败给了年轻。

有人说网剧比电影好看，有人说书更好看，我没有看过它们，这部电影是我第一次接触《匆匆那年》，而它带给我的触动远超过我的预期。

我不懂电影，只是觉得，能让人想起一些事的电影，就是好电影。

大多数的我们，在感情突然终结的那一刻，其实都感受不到所谓的痛彻心扉，没有伤心，亦无难过，只是心里好像被挖了个窟窿。

随着时间抚平后知后觉的痛楚，那个窟窿也会在不知不觉中"扩大"，而它所挖走的，便是记忆。人性本能趋利避害，心感到不悦的既然无法改变，只得在潜意识中选择性遗忘。

明明知晓那是曾用整个青春筑建起的最美好的东西，可崩塌消亡后，就是怎么也记不起它原本的样子，就好像从未拥有过一样。

那些过去的画面从记忆边缘拉回，在脑海中纷飞后逐渐拼凑完整，就像失忆了很久，突然恢复了一点。

方茴说："可能人总有点儿什么事，是想忘也忘不了的。"

我想起高一入学后的远足拉练，我走了将近30公里的路回到校广场，其他同学都累成狗了，解散时我却像吃了兴奋剂一样拔腿就跑，飞奔向操场。教学楼高层的学长学姐在窗户边吹口哨、喊加油："这小子还能跑呢！你看他，还边跑边笑呢，是不是傻了？"我不知道那些是喝彩还是嘲讽，可当时我什么都不管，就是在众目睽睽下一边疯跑一边傻笑地冲向操场。我当时心里想的只有"就要见到你了"，想着你说好作为学姐等我回来要陪我在草坪上吃肯德基的辣翅，我就真的一点都不觉得累。

想起高二那年，为你和高年级人打群架，在医院躺了一周，爸爸妈妈气得在床边语无伦次地骂我傻，班主任来看我时说："幸亏你小子身体结实。"可我像失聪一样，把脑袋钻进被窝里假装昏睡，拿出偷偷买的黑白屏手机，一个劲儿地给你发短信："不疼，真的……当然值啊，我一个人撂倒了六七个呢。"

就像有人拨动了年轮的钟，往回转啊转，我又想起你穿着一身大红色的连衣裙站在我眼前，手捧一大束玫瑰，我问："你买这个干吗？我一个男生怎么拿回班里。"你笑："你就说是个死皮赖脸地追你的女孩偏要送给你的。"

那年你高中毕业，我念高三。你被家里强行送去了国外读大学，你消失了整整一个月，托朋友告诉我："别问了，她就是想跟你分手。"

我翻出我们曾经每天作为交换日记的本子，连着一个月每晚都在上面写一篇你的坏话：鼻子太大，眼睛比我的还小；公主脾气太严重，以后肯定没法过；她或许从来没有像你爱她一样爱过你，别再犯傻了。

人家说，忘记一个人最快的方式，就是调动所有脑细胞把她想得又坏又丑。那年的我，深信不疑。

可当两个月后，你让同学把我喊到教学楼的露台时，我看着你，足足愣了五分钟。你喊："抱我啊！"我依然呆滞得像个弱智，缓缓伸出双臂："哦，那你过来啊。"你告诉我，你在国外绝食了快一周，以此威胁，妈妈终于妥协，把你送回国念大学。你告诉我，你从奥克兰到北京，为了快点再快点，连着飞了十六个小时，在香港毫不犹豫地转乘了第一时间启程的危险的小飞机。

这是我们分开后，我第一次提起有关你的过去，也是最后一次。

因为，虽然是在想起，可也只是想起。

没有缅怀，没有悲落，再无遗恨。

我终于视你为平常，心中不再起任何波澜。

曾经很长一段时间里，我对这段恋情充满了怨恨与困惑，那些回忆是根植到心里的幸福，分开后，却成了日夜折磨的刺。

我甚至开始怀疑爱情，屏蔽感情的流露，斩断所有相恋的可能性。

村上春树先生在一个短篇小说中刻画过一个男主角。每当他感觉自己对一个人由吸引变成喜欢时，便决绝地断掉联系；每当他与某个女孩太过靠近时，便会匆忙地逃离。他近乎偏执地信奉并坚持着他的人生哲学：一个人，一辈子只能爱三个人。

所以他从少年到中年，都在如稀世瑰宝般珍惜着自己的感情，简直就是吝啬。

那时的我还不懂这套哲学，认为这不过是一种自我安慰的愚昧和懦弱。可后来再读起这篇小说时，却由衷地佩服男主角这份参透的聪慧，感情是人生里最大的易耗品。

年少时一次次无疾而终地倾其所有，结局也许是真的成为了一个吝啬的人，再没有过深的爱与恨。

不想失望，所以不再对任何人寄予期望；不想失去，所以不再依赖任何人；害怕结束，所以避免了一切开始。到最后，学会的不是如何爱一个人，而是如何在爱里保护好自己。

或许人的感情真的是有限的吧，年少时倾注得太少、消耗得过早，后来就会自然变得冷漠与防备，越来越难以感动、相信和去爱。

最大的遗憾不是错过最好的人，而是当你遇见他时，早已把最好的自己消耗得所剩无几。

这些是过去的一年多里，始终徘徊在心里的感受。

可是，看电影的时候我就在想啊，你看，赵烨结婚了，虽然娶的媳妇很憨，可两个人站在一起时，脸上的幸福那么真实而平和。陈寻也不再是当年那个热血不羁的毛头小伙，长成了一个成熟绅士的大男人。林嘉茉成为了时尚女神，还有那个国际高级知识分子乔燃，那个在法国大桥上回眸一笑、飘逸如仙女般的方茴。

他们跨越时间的长河，各自成为了更好的自己，他们有一天也都会和赵烨一样拥抱生命中的爱人。那些年少时匆匆结束的遗憾和悔恨，终会变得温煦与柔和，只是在追忆青春时，用来下碗烈酒。

电影放到中途时，屏幕上切过一行字幕：你努力过吗？

陈寻说：你可以打我，可以骂我，但你不能说我没努力过。

可我想问，他们每个人都真的努力过吗？

如果真的努力过，为什么方茴你感到恋情在消弱时，一个人悲伤那么久，却不肯站在陈寻面前试图补救？为什么明明相爱，却要用荒唐的自我来伤害来作为最后的表达？

为什么乔燃你始终深爱，却从不敢追求方茴？就因为太平洋的距离吗？宁愿苦苦观望，也不愿漂洋过海来守护。

为什么林嘉茉你那么傻，不知道在有生之年遇见一个眼眸里只有你一个人的男孩，要用一生来珍惜？

为什么陈寻你在后悔的时候，却只因少年那可笑的自尊和面子，不言悔恨？

而这些为什么，又有多少是我们也犯过的错、种下的因？我也想问问自己，问问那年的你。

可他们和我们，都是真的努力过吧。

在那个只敢爱、却不懂如何经营爱的年龄，我们就是这样自以为是地努力着。

用固执作为深爱的解读，将伤害作为相爱的表达，还没来得及抵抗现实与流年，就因为一点误解匆匆丢戈弃甲。

不顾一切地喊着爱，却从不去明白爱里要有包容、担当与付出。

这些字眼太沉甸甸了，年少时的肩膀只会逃离，不知扛起。

我们就是这样，明明是自己不知珍惜，不懂相爱，却要在感情破碎后，为自己筑建起一座悲伤的城，沉溺其中，怪着这个世界，怪着那些所谓不能再相信的爱情。

就像他们五人在大学再相聚时，那张分崩离析、被赵烨一怒掀翻的酒桌一样，那些青春里的相信和美好，其实也是我们一手推翻，亲手打碎的。

时间是个神奇的东西，无论多么荒唐的事物，只要被它加以冲刷，都会变得合乎情理，让人心安理得。

要用多久才能坦然面对，才能直视那些合乎情理的真实因果，才能让自己真正承认后心安理得。

要用多久，那些破碎过的、崩塌过的，才会被我们赋予存在和经历的意义。

手机里曾有个微信群，里面有我的三个发小和各自的恋人，两个三年，一个五年，一个七年。

那年，群里最常讨论的话题是哪对会先结婚，份子钱要准备多少。

可是到去年，这个微信群里只剩下一对恋人，再也没有新消息提醒，已是死群。

今年，我们几个发小和朋友再聚到一起喝酒时，提起过去的"嫂子、弟妹"时，大家只是相视一笑，平静讲述，再没有倾诉衷肠，但求宿醉。

臻子说："其实啊，你们都是在恋爱里陪着彼此一起长大的。"

听到这句话时，心里就像某个堵住很久的阀门被打开了。那些堆积的不解与怨恨逐一释怀，那些总是卷土重来的悲愤也从身体里散去。

是啊，其实我们都是在爱恋中陪着彼此一起长大的。

所有男人都是在女人的怀抱里长大的，他的狂傲、他的冷漠、他的稚气、他的不安分，皆是被一个女人用爱和时间慢慢抹去的。

而每个女孩也总是因为遇见某个男孩而开始改变和成长。从剪着短发的假小子，变成长发飘飘的窈窕淑女；从娇惯蛮横的小公主，变成懂事温柔的大女人；从那个情绪化、不讲理、爱哭鼻子的小女生，变成做起家务干练娴熟，心里有着一本信手拈来的佳肴菜谱的准家庭主妇，坚强忍让得连自己都认不出。

后来啊，你为他磨平了棱角，他为你拔掉了身上的刺。只是你们转过身将彼此赠予了他人，为下一个陌生人做了美丽的嫁衣。

可我们都长大了，成为了更好的自己、更好的爱人。

终于在匆匆结束的那年，学会了再也不匆匆。

终于在匆匆开始的那年，懂得了如何去勇敢，如何去温柔，如何去包容，如何去担当。

终于明白，匆匆那年的我们总是迫不及待地去爱，可真的在一起后，就会忘记了小心翼翼地疼爱。喜欢上一个人很容易，可是要在内心最深刻的地方去珍惜，却很难。

总要经历失去才会懂得珍惜，总得彻底伤过一颗心，才能学会呵护另外一颗心。

有一天，你再想起他时不是沉默或哽咽，而是微笑淡然地讲述，那便是你在他那里得到的最好的成长。

这也是，那些崩塌过的、破碎过的，被我们赋予的最好意义。

如前文提到的，我有段时间也曾觉得自己再也不会认真地去爱一个人，再也不能如少年时一颗真心全盘托出。

可这一年中，我参加了一些旧友的婚礼。每次坐在台下我都会想，他、她以前可都是一次次被抛弃和被欺骗伤透了心的，是最有资格不再相信感情的人，可现在却比旁人先收获了专属的幸福。

因为他们每一次都会像第一次来到人间一样勇敢地去爱，他们从不觉得这个世界亏欠他们一个拥抱，他们一直在张开双臂。

长大后的我们，虽然谙熟了如何避免幼稚的伤害，却往往也失去了开始的勇气。

如果说老天安排的那些过去是为了让我们在爱的这条路上再多一些磨砺和学习，那么千万不要曲解它的意图，它从未说过，年少时倔强相信过的东西，不值得再相信。

不再年少的我们，最需要学习的是始终不疑真心，是依然敢爱如少年。

桃子说：就有一个阶段，我觉得我真的再也不想相信别人了，再也不想要一段感情了，我一个人挺好的，我起码可以避免伤害。

可时间长了，我觉得不对，相信别人是最基本的，相信爱情是件特别美好的事，我还是选择相信。

一个男孩给我发过一条私信，他说他失恋了，刚分开没多久，对方就有了新的恋人，现在很痛苦。

我回复说：一个人的一生中，爱情会出现不止一次。不知道这算不算个好消息。

一个女孩给我发过一条长篇留言，她说：我感到自己越来越脆弱和扭曲，另外一个自己总是出来作祟，我只能说我经历了一些自以为天大的事，那个他，直接催生了我的恶。现在表面和正常人无异，可内心却越来越阴暗，那种分裂的、仿佛两个自己在挣扎的感觉很痛苦。我讨厌现在的自己，可又不知道该怎么办，我想知道未来的自己会什么样，我害怕是一片灰暗。

我回复说：我只能回答未来的你是怎样的。

这一切都会过去。你会熬过这段时间，总有一天会变回那个心底的自己，那个相信真、热爱善、追求美好的自己。你会长成一个温婉娴静的女子，会褪去身上那层暂时令自己厌恶的皮囊，你会焕然一新，笑靥如春。你会安静淡然地正视你曾心爱过的男子，会对曾中伤你的人报以微笑。你会自信地把长发挽起，会干干净净地走在安静的街道。你会在某天温暖的午后，在街角某个小咖啡馆享受阳光照射在脸上的温度，还会有一次意外的邂逅。

而终有一天，会出现一个沉默不语只顾眯起眼睛看着你傻笑的男子，拥着你。你们穿着婚纱与礼服一起看向前方，听摄影师傅对你们说："好，就是这个感觉，1、2、3……"你转过头，就能看到他明亮的眼眸里映出来的自己，那个一脸幸福的傻笑的你。

我们都曾付出真心，以不同的傻气方式。只是当时理解不了彼此，谁也不要亏欠，爱情并无须缅怀。

你知道的，不管人生可以重来多少次，终会有所遗憾。

10 月份，朋友给我发来你的婚纱照，我才知道你已经结婚快半年了。看着屏幕上成为新娘的你，我的眼角确实没出息地湿润了一下，可从心里溢出的，是衷心的祝福，希望永恒在你身上先发生。

年少时的爱里，我们都会难以避免地互相伤害，美好与痛苦都会在时间轴上蔓延展开。可当走到终点时，无论以怎样的方式告别，都请好好地说再见。最难的不是在一起时的温柔相伴，而是结束时的真诚祝愿。所有的隐痛有一天都会化作恬淡，而那个人，某天再想起时，也会像亲人般温暖。

你是如何想起他的呢？是淡然讲述，还是故作沉默？

再遇到别人，是否还像那年一样义无反顾。

我们啊，到头来都是在爱里陪着彼此长大，慢慢学会究竟如何经营爱、守护愿。

后来啊，我明白，所有过错其实都可以用错过来释怀。

只愿你不再心怀遗恨，信爱如少年。

只愿你敢爱如那年，但已不匆匆。

现在的我也有了很好的爱人，她让我像十七岁时一样内心炙热，想向所有的旧爱致歉，我会待她如初恋。

你一定要相信，有一天会出现一个人，就和你一直在寻找的、一直以为不可能存在的，一模一样。

他会让你感谢生活之前给过你的所有刁难，会让你像流沙、像落雪，那些别人在上面划了又划的痕迹，他轻轻一抹，就平了。

他会让你在心底重新生长出爱情。

你要好好地等他，要相信他一定会穿过人海，让你找到他。

## 心中有光

我曾经想，当一个人遭受很多挫折和打击后是不是就会对人生彻底失望，内心再也没有光芒。

可是后来我明白，一个人，走过道道坎坷、片片荆棘，承受原本不能承受之重，还能在心中洒满阳光，这才是真正的成长。

**一、十六岁时，我相信这个世界只要努力一切都会有希望，现在的我依然相信，即便很多人说这是幼稚的倔强**

"我是一所普通大学的本科应届毕业生，在无数名校研究生和留学生中闯过多家国企、名企的最终面试，两次被破格录取，公务员考试笔试成绩一百二十五分，入围后面试成绩第一名，拿到两个第一年十万年薪的工作，还有银行和上市公司管培生的工作。这半年受到过很多挫折，但还是咬着牙继续努力，如今总算有了回报。现在不再是他们选择我，而是我来选择他们。这次也不知道该说些什么来给你们力量，只是希望你们能相信自己、相信努力。十六岁时我相信这个世界只要努力一切都会有希望，现在的我依然相信。很多朋友说这是幼稚的倔强，我想我已经用事实证明给了你们。"

这是我曾在自己的人人网主页和微博上发过的一条状态，也是对半年多苦逼求职之路的一个告别。记得在苦苦挣扎还是看不到未来的时候，我倔强地说我才不传播负能量，等我把所有的苦都变成甜的时候，再来吐一个超级无敌霹雳闪电华丽丽正能量到爆的槽。

我做到了。

我不要只在嘴上说说的人生，不管要付出多少汗水。

回想起那半年多确实过得很苦，很多次因为这个世界的光怪陆离，将自己的所有努力和汗水毁于一旦，很多次对自己失望和质疑。过去那些年所积攒的自信和自以为的才华被打击得体无完肤，很多时候甚至觉得自己一无是处，也有过想一个人偷偷抱起头痛哭一场的夜晚。

可是就像在最灰暗的时候我常对自己说的："所有的苦，有一天都会透出甜。前提是，你要先咬着牙吃尽这份苦。"后来的我吃尽了这份苦，也终于透出了甜。我为自己，也为平行世界的你验证了这句话。

这是之前一个很好的美国哥们儿翻译的："Remember the bitterness you taste will one day melt away to sweetness. But if you don't take that second and third bite, how will you ever know?"

如今回想起这一路上的艰辛和挫败，是满满的感谢。

感谢痛苦,感谢迷茫,感谢失落,感谢伤害,感谢所有的不如意,感谢那些在黑暗中逆风前行的日子，因为人在快乐中是永远无法获得成长的。

我的朋友，刚刚翻开这一页的你。

人生最大的遗憾,是坚持了不该坚持的,而放弃了不该放弃的。既然选择了一条并不平坦的路，那么有权利选择，就应有勇气承受一切苦痛。记得在每一个沮丧、疲惫和不尽如人意的时刻，告诉自己再坚持一下，好人都会有好结局。如果不好，说明那还不是结局。

我知道，很多时候我们的努力看起来都像无用功，很多时候我们都像被卡在了某个甬道中，动弹不得，很多时候无论我们如何拼搏，都被现实推向相反的方向。可我希望你知道，也许正是那些动弹不得的日子，正是那些被现实残酷打击的无奈，正是那些你所认为的无用功，才让你走到了今天。

成功永远不是一蹴而就的，是你在无数个黑夜里对这个世界绝望，第二天昂起头对着太阳微笑，依然相信终会有回报，你终会有一天爆发，只要你能忍住孤独，顶住失望继续前行。

十六岁时我相信这个世界只要努力，一切都会有希望，现在的我依然相信，即便很多人说这是幼稚的倔强，可我依然坚信。

请你，也一定要相信。

## 二、去建立自己的风格，拥有自己的光芒

### （一）

在每一次求职面试的自我介绍中，我从没提过自己在大学的身份，校学生会副主席、舞蹈队队长、奖学金获得者、街舞比赛

冠军、青年作者，这些我都没提过。身边朋友总教导我，你应该提这些，它们会给你直接加分，但我一直坚持自己的想法。我从内心不认为这些帽子会给我加分，能给我加分的是我从这些经历中所收获的体验与阅历，而这些东西我相信在我说的每一句话、每一个眼神、每一个举止中都会透露出来。面试的考官听过太多闪闪发光的荣誉和奖项，这个世上也存在太多比我们的帽子闪亮、比我们的荣誉耀眼的大神。

但一个人从心里喜欢你、认可你，绝不是因为你的那些身份与头衔，而是，你究竟是怎样的一个人。

所以在每次自我介绍时，别人都会花半数时间介绍自己大学和研究生时所获得的荣誉，而我只是用全部的时间真诚地讲述我是一个怎样的人，我所认为的自己身上的特质与优势，我的喜好，我的价值观。在讲述这些时，我所流露出的是最真挚的情绪，所用的是最自然的语言，我很自信，从来不会因为前边同学那些瞬间能吓尿人的荣誉而乱了阵脚，因为我在讲述的是我自己，是独属于我自己的经历，而不是在和任何人做比较。而那些考官经常会认真地倾听，随着我的话语或笑或点头，我从他们的眼神中可以读出他们在试图了解我、记住我。

　　记得在一次国企管培生的最终面试中，四个人一组一起面试，那天我是最后一个发言的人。前边的三个同学都是国内知名大学或留学回来的研究生，他们每个人的话语中都在强调自己学历生涯中的荣誉和传奇。轮到我时，我很诚恳地对各位考官说："我只是一个来自普通大学的本科应届生，我的学历和前面的几位学长比起来逊色太多，但我有属于我自己的特质和优点，它们来自于我成长中经历过的每一件事。"讲的时候我几次觉得自己都不像是来面试的，因为我讲了很多我认为有趣的事和我被感动过的事，面试的老师甚至和我聊了起来，后来只有我被录用了。

　　我时常提醒自己，你要成为的永远不是一个比谁更优秀的谁，而是你自己。

　　从上学开始，父母、长辈、老师所教导的都是我们要遵守纪律、努力学习，要听长辈的教导，要乖巧懂事，学习要争取名列前茅，争当班干部，做三好生，这样的方向贯穿了我们的成长道路。到了比较自由的大学，依然还是要学习好专业课，争当学生干部，无论爱与不爱。要积极表现，多参与学校活动，无论想与不想。成绩、奖学金、荣誉和资格证书、更高更好的学历，这些就是证明自己的最好凭证。

　　很多人不服，去抗争去叛逆，每天叫嚣哭喊着自己与别人不同，可最后还是无可奈何地殊途同归。我们就是在这样的环境下被影响和熏陶着，直到再没有一丝反抗的力气，失去了所有抵抗的勇气。我们逐渐认可只有达到那些标准才是优秀的，开始用这些统一的条条框框来要求自己。

不敢落下一步，不敢走错一步，我们都忘记了自己最初想要的是什么，忘记了自身的优势与特质，忘记了自己有着那与生俱来的独一无二的DNA。

可很多时候，我们自己都不知道为何要获得这些东西，只是单纯地为了跟随大家的统一一步伐，潜意识里开始用那些统一标准来衡量自己和他人。

而在这样一个相同价值取向的追求过程中，很多人会慢慢走进一条死胡同，一条叫作"比谁更优秀的谁"的死胡同。路越走越窄，竞争越来越激烈，因为每个人都在朝同一个方向发展自己。

试想一个面试官听了一天相似的自我介绍，看了一天风格相近、优点类似的应聘者，当一个有着完全不同风格、闪烁着不同光芒的人出现在眼前，他会是怎样的心情？

这就像是看了一天帅气的超人，最后来了一个傻萌的绿巨人，你会喜欢上谁？

盲目和趋同地追求很可怕，它会耗光你所有的精力与时间，即便最后你收获果实，也会在某一刻突然感到一片迷茫，因为你从不知道这些东西对你来说究竟有何意义。

如果真的喜欢，便去经历去追寻，因为这样你所获得的不只是那些白纸黑字的荣誉，还有在这过程中所获得的独属于自己的体验与阅历，而这些才会在日后成为你人生道路上的独特风景。可以叛逆，但不是盲目地叛逆；要与别人不同，但不是为了与别人不同而不同，而是挖掘自己的特质，建立自己的风格，找到自己身上的"宝石"。只有这样才能真正挣脱世俗的束缚，才能有方向地找到自己的不同。

（二）

当我们逐渐被这些社会价值下的身份、头衔束缚和禁锢，逐渐被这些世俗统一的追求所同化，就会忘记了自己是谁，忘记了自己究竟想成为谁，忘记了自己身上所有的特质与不同。

而那些我们追求的社会身份和头衔真的那么重要吗？我们忽

略了这些身份都是随时可以被取代的，这些东西都是别人可以随时抢走的，只要出现一个能力比你强、关系比你硬的，这些身份和荣耀就会离你而去，你随时可能会被他人取代。

一位老师曾经对我说，在工作中，最重要的不是你多有能力多优秀，而是你不可替代。当你成为一个环境中不可替代的人时，才能保证自己的地位与价值，才能在这个环境中长久地生存下去。

而想成为一个不可替代的人，首先要做的就是成为自己，而不是成为比谁更好的谁。

这也是我在面试的自我介绍中，为何从不去和他人比较那些身份与头衔的原因。你的光芒不是来自你闪耀的身份和头衔，而是来自你通过追求和努力所获得的那份独属于你自己的体验和经历；通过学习和感悟所获得的独属于你的思想；通过磨砺和成长所获得的独属于你自己的修养和气质。

你的光芒，来自你究竟成为了一个怎样的人。

我的朋友，这个世上总有比你优秀的人，但不会有和你相同的人。

我的偏执是什么，就是不要成为别人那样的人。

去建立自己的风格，把自己当成个人品牌来经营，创造自己的独特价值，为自己建立一个别人拿不走的身份，而不是社会价值下的头衔。你的风格、你的经历、你的思想、你身上的特质，这些就是独属于你自己的光芒，谁也抢不走，谁也比不掉。

当一个人效仿他人或与他人成为同类时，丢失的不仅仅是做自己的机会，还有他的特质、他的不同、他与生俱来的优势。一个人即便在同类中做到最好，在那些敢于做自己的人面前也会黯然无光。

我们来到这个世上是为了活出自己，而不是和任何人比较，更不是成为比谁更好的谁。

（三）

我最大的两个爱好是跳舞和写字，跳街舞已有六年时间。在每一个艺术行业中，无论是音乐、画画、舞蹈、写作，都很注重个人风格，很多人都在用一生的时间寻找属于自己的风格。模仿大师、模仿偶像，向不同的前辈讨教，都是为了最终形成自己的风格。

有一次和一位年过五十的美国街舞大师在课后聊天，我向他请教关于个人风格的问题，因为他是用英语说的，所以翻译得可能不准确。

大概意思是：很多人都在努力地找寻风格，却不知道风格其实就藏在自己的内心。所谓最好的风格其实就是本身的个性，你只需要多了解自己，多与自己交流，最重要的一点就是接受和发展自己本身的特质，这就是你最好的风格。

太过执着地靠学习他人寻找所谓的风格，只会将内心深处的自我越埋越深。

其实并不需要寻找，因为你本身就是最好的风格。

不知道把这个例子放在这里是否合适，其实不只是艺术，生活、工作、做人做事，我们磨炼自己的最终目的都是为了建立自己的风格。就像我们欣赏一个人，喜欢一个人，爱上一个人，很多时候就是因为他身上的特质与众不同。这其实就是为人做事上的一种属于自己的风格。

但是我们行千里路，读万卷书，遇人无数，苦苦向他人学习，修炼自己的风格，最终却遗忘了我们自己本身就是最好的风格。

在公务员面试中，我取得了第一的成绩。之前参加面试辅导班时，老师说面试分三个层次。

第一层是你没有经过任何训练本身所具有的水平，这个水平由于夹杂了很多个人的语言和举止风格，所以不稳定，可能会得分很高，也可能会得分很低。

第二层是你经过专业培训后所达到的一种稳定的水平，你很难出现失误，只要正常发挥，就会取得一个中上等的分数。但是如果想取得更高的分数，想靠面试成绩来弥补笔试分数的落后，一举翻盘，就要努力达到第三层。

第三层就是自我风格的突破。你要将所学到的规范知识和模板技巧，与自己原先具有的个人风格自然地融合到一起，如果做到这点，你会在任何面试中都让人眼前一亮，脱颖而出。

但是很多人为了求稳都停留在了第二层，没有勇气和胆量尝试自我风格的突破。更多的人是遗忘了自己与生俱来的特质，甚至摒弃了原先所具有的独属于自己的个人风格。

你是你自己，你独一无二，你无可替代，你流着的血、生来的基因、成长的心灵、经历过的一切，都是独属于你自己的宝藏，那是任何人都拿不走、抢不去、比不了的真正属于你自己的"宝石"。你要做的应该是继续挖掘和打磨它们，让它们发光发亮，而不是变得和别人越来越像。

成功的道路永远无法复制，我们需要不断地汲取别人的优点，看到自己的不足，但首先要学会认可自己、喜欢自己、接受自己。无论美丑，无论是机灵鬼还是小笨蛋，你都是你，独一无二的你。这个世上每个人实现梦想的方式都不一样，每个人都有着不同的法宝，但唯一相同的一定是喜欢自己、认可自己、相信自己。

建立自己的风格，拥有自己的光芒，而你自己其实就是最好的风格，你身上的所有特质与不同就是最闪耀的光芒。

在一个原本规定只招研究生的世界五百强企业求职时，我没有管他们的应聘条件，坚持投了自己的简历，可能是出于好奇，他们通知我参加了考试。经过一轮笔试、三轮面试，最后留下的几个人大都是世界前一百名大学的留学研究生，只有我一个普通大学应届生，人力资源总监老师对我说，你很不一样，所以破格录取。

我一直相信一个人经历过的每一件事、读的每一本书都可以化为独属于自己的魅力和实力。你就是你，不必羡慕仰望别人，你身上拥有的"宝石"绝不会比别人的暗淡，只要你愿意发现，努力挖掘。

### 三、不要放弃每一次做自己的机会

从中学开始我就一直是一个很有争议的人。初中时逃课早恋，经常为朋友豁命打群架，仗着自己的小聪明，高中进了市重点，却开始专心跳舞，和朋友成立了当时高中生第一支街舞团体。到了大学，在完成所学课程之外，一边忙学生会一边忙跳舞，经常在外面的世界飘来飘去，一半的时间都在和社会上的人打交道，看自己想看的书，交自己喜欢的朋友，写自己的文字，每天沉浸在自己的生活中。

对于长辈的教导、老师的管教、世俗的成长观，我认可的便听，不认可的就把它们从耳朵里倒干净。我有自己的眼睛，有自己的思想，有自己的梦想，所以我相信自己有能力也有权利选择我自己的人生。

我不叛逆，只是在那个不应该成熟的年纪做了我认为对的事。倘若那时我就开始屈服于世俗的管教，以后怎么还会有勇气做自己？

我只是不想在年轻的时候放过每一次做自己的机会。

为什么说不要放弃每一次做自己的机会？我并不是单纯地怂恿你叛逆或追求个性，也不是想嘚瑟地告诉你执着地做自己的人生有多么痛快，而是因为当你做自己时，为自己的内心做出选择时，你所获得的体验和阅历都会在某一天成为你人生中无比珍贵的财富。

每个人都拥有自己的天赋。认为自己没有天赋的朋友，你一定要相信，你只是还没找到。

而每个人的特质与天赋，总是搭配着不同的特定情况和适合发挥的场合。

这个世上从来没有面面俱到、八面玲珑的人，他们只是找到了自己的特质和天赋，然后将其恰当地发挥在了最适合的场合与行业。

"天生我材必有用"不是一句盲目自信的空话，而是先认识到自己身上的特点，然后发展自己的优势，最后将打磨成熟的特质放在最适合发挥的地方。

但是这个前提就是你要先认识自己、了解自己，知道自己具有什么特质。把自己当作一笔深埋于地下的宝藏，用不同的经历褪去埋藏你特质的世俗尘土，然后将它全部挖掘出来。

而做自己，就是认识自己，了解自己，挖掘自己的最好最快的道路。

当一个人勇敢地追寻自己喜欢的事物时，他会获得很多丰富的体验，他会比别人更快更深入地了解自己，会慢慢知道自己究竟是一个怎样的人，喜欢什么，不喜欢什么，适合什么，不适合什么，他会逐渐发现潜藏在自己身体内的"宝石"，然后找到自己的方向，确立自己的优势和风格。

在实践中认知自我，在实践中寻找自己的特质，你当然会比别人更先了解自己，找到自己的天赋。

这个世上也只有你自己，才能找到你的天赋并把它发挥出来。

但是如果你一直跟随着同龄人一致的步伐，走着与他们相似的人生轨迹，那么你就会失去独属于你自己的体验和感受。而当你一天天和他们吸收着相同的知识和价值观，逐渐成长为与他们有同一种风格和优势的人时，你就是在慢慢杀死你自己，杀死你所有的特质与潜在的优势。

追寻你自己想要的东西，重要的不是你追寻的是什么，不是你最终是否能获得，而是当你在追寻它们时，你所获得的那份独属于你自己的体验和经历，它们会在日后的某一天成为你赢得人生的最大筹码。

而今我最感谢的就是自己曾经的那些幼稚、倔强，如果没有那样，我可能还不知道自己是谁。

坚持做自己绝不是幼稚，也不是叛逆，而是一种睿智和成熟的倔强。

北大才女张泉灵在回校演讲时讲过一段话，大概意思是：你当初考大学时没有坚持选你自己真正喜欢的专业，你大学选的也不是你真正感兴趣的课，而是那些容易过的课程，你所选择的课外生活、社团、爱好有时也不是你喜欢的，只是为了让自己更加合群。你在青春的很多选择上都没有真正考虑过你想要什么，真正喜欢的是什么。

那么现在你凭什么抱怨过不上你想过的生活？凭什么苦闷自己没有成为想成为的人？

先去勇敢地做自己，才能认识和挖掘自己。先成为自己，才能成就自己。

**四、不要怕走错路，"你不会找到路，除非你敢于迷路"**

我经常告诉身边的朋友不要太在意年轻时做过的一些选择。就像我们如今回想起过去的一切，总会有种不堪回首的感觉。人在回头看过去的自己时永远会感到傻气又幼稚，这是一个没有尽头的循环。通俗点说，成长本身就是一个不断感到自己傻气的过程。

而青春这个东西，不管你怎么过，严谨也好，疯狂也好，认真也好，随意也好，其实你都会一样把它过得乱七八糟。

所以我们应该在意的是，这些选择是否都出于自己的内心。无论是幼稚还是成熟，即便是那份乱七八糟，也要独属于你自己。因为无论结果如何，起码你都会甘之如饴，心甘情愿地承受和面对。

每个人年轻的时候都会做出很多荒唐和错误的事情，而那些看似让人后悔和自责的决定其实并没有一定的对错之分，它们就像成长中的必修课。人生中的很多事从来无法靠汲取前辈的经验来理解和学习，只有当自己真的经历一遍后才会恍然大悟，醍醐灌顶。

年轻时的选择从来没有绝对的对与错，因为只有经历之后你才会知道究竟什么是对什么是错。

你错得越多，成长得就越快；你伤得有多重，日后就会有多强壮。

人不能被同一块石头绊倒两次，也不能在同样的深渊里跌入两回，可你若没有被绊倒过一次，没有陷入过一次，你也不会获得独自爬起的能力。当你陷入过一次后，才会勇敢地告诉自己："再不需要搭救。"

而让我们庆幸可又常常忘记的是，我们还年轻。因为年轻，我们有足够的资本触底反弹。因为年轻，潮落之后，一定会有潮起。年轻的时候不吃点苦犯些错，日后可能会犯下不可挽回的错误，留下无法弥补的悔恨。这一切的错、一切的悔都是成长道路上无比珍贵的财富，而只有当我们经历后才可以将它们揣入囊中。

一件事情，无论会遇到多少困难，对结果有多大把握，这些并不重要。只要是你自己的选择，就不存在对错与后悔，关键是你有没有挣脱束缚的勇气，有没有走出这一步的决心。年轻时的我们，最怕的就是用四十岁的心过二十岁的生活，少了本该年轻气盛的魄力。不要在开始前踌躇满志又畏首畏尾，不要在中途一腔热血却又瞻前顾后，用力地踏出第一步，更用力地走完后面的每一步，那才应该是二十岁的你，那才是你应该拥有的青春。

从你不怕堕落的那一刻开始，天空就离你不远了。有时候，人只有先勇敢地跳下去，才能学会该如何飞翔。

"你不会找到路，除非你敢于迷路。"

趁你还年轻，不要怕走错路，你拥有走错路的资本，而你对走错过的每一条路的懂得与领悟，日后都会化为你的王牌阅历。

### 五、"人生是一场表达，管他有没有掌声"

看到这儿，你心里可能会有这样的疑问：你那么执着地做自己，没有过不被人理解的苦闷吗？没有遇到过别人的质疑和嘲讽吗？没有朋友因为觉得你不够合群而疏远你吗？

我知道每一个想得到答案的你，都是长久以来困惑于世俗的眼光，挣扎于是该追求自己的人生还是与大家打成一片。掏心窝子地说，我真的能够理解你的每一种矛盾与无奈的痛苦。

我曾被很多人不理解，现在也被很多人不理解。我受到过很多质疑，也听到过很多如刀片般的闲言碎语，也无可奈何地经历过朋友的疏远，并且很多次被深深地伤害过。

过去的我常常会因为这些苦闷至极不知所措，好在现在的自己已经基本上处于免疫状态。也没什么大道理，每次我都会跟自己说一句话：比你优秀的人是没时间理你的，说你长短的都是看着你的背影干着急的。

何况我没有那么多时间向别人解释我的生活，我还得忙着过我自己的人生呢。

我们都一样，总是喜欢报喜不报忧，所以别人看到的总是你光鲜亮丽的一面，不会知道你心里的苦闷迷茫与失落彷徨，也无法完全理解你的苦衷，明白你的人生。既然选择了一条昂起头、挺起胸、看起来毫不费力的道路，那就只管去努力。

如果你要的是剽悍的人生，那就无须解释。

每一个做自己的人都不可能被所有人理解，但每一个勇敢做自己的人都没法让人不欣赏。

"人生是一场表达，管他有没有掌声。"

**六、心中有光的人，终会冲破一切黑暗和荆棘**

每一个你，无论现在的你是否找到了一份心满意足的工作，

无论现在的你是否还在为未来担忧和踌躇，我知道求职路上的每一种苦，我理解你正在经历或是未来可能会遭遇的每一份挫折与无奈。

我也懂得你心中那份苦不堪言却又不知该如何诉说，即便推心置腹地倾诉，可对方好像无论如何也无法懂得你的孤单与无助。

人长大后，都会逐渐感到或多或少的孤独。很多时候，我们与身边再亲密的朋友也只能是肉身的同行、心灵的独旅。

这个世上的确有感同身受，也真的有很多温暖的共鸣，但你不能渴望它，更不能依靠它。倘若你遇到，那是幸运，要珍惜；若没有，就去学会自感自受。

回想大三时的自己，还天真地以为大四的生活主调就是尽情享受大学最后的时光，去矫情、去伤感、去挥霍最后的青春。可是当大四真的来临时，当曾经以为那离我还很遥远的"生活压力"猝不及防地到来时，自己被现实狠狠地抽了一个嘴巴。你大四了，该为未来真正地奋斗了，该担负起你身上的责任和每一个爱你的人对你的期望了，是时候该站出来为你自己的人生负责了。

大四的你一定会经历一段人生的低潮和迷茫期。无论曾经的你在校园里有多么耀眼，无论过去的你有多么乐观，在生活和现实面前，你的那些耀眼和乐观都会脆弱得不堪一击。

我并非在以一个所谓过来人的姿态警示你，只是单纯地想和你分享我这点不多的经验。那半年我目睹了太多朋友倒在这段人生的低潮和迷茫期，很多人之前在校园里都是大牛一样的存在，可最后却失去了之前所有的自信，丢盔弃甲地对自己的未来敷衍了事。

可也有很多朋友，过去一直被周围的人看作是毫无理想、对人生没有追求的人，却触底反弹，爆发了所有人过去都没有注意到的潜力。

他们都有一个共同点，就是即便深陷黑暗中的逆风，也要咬着牙继续前行；即便始终看不清未来，也要逼着自己继续向前走。

一个人的精神强大，只有在最苦闷和彷徨的时候才会彻底被激发出来。很多时候，真正支撑着一个人走到终点的不是他的聪颖，也不是他的才华，而是他骨子里的不服和倔强。

还有他心中的那一束光，那一束无论黑暗如何侵蚀，无论残酷如何剥夺，都摧毁不掉的光，那一束简单幼稚到只是因为相信自己、相信努力、相信终有回报而存在的光。

人生会经历很多不同时段的低谷，其实它们都没什么可怕的，也没有什么复杂的，更没有什么能让你寸步难行的。你不用小心翼翼地思索揣度该如何走出这段低谷，你只需要撑过去，只要不畏将来地继续走下去，终会抵达你想要的彼岸。有时生活很复杂，可有时人生真的很简单。

我知道当你踏入社会这潭浑水后，你会感到这个世界其实很复杂。富二代们从一出生可能就拥有你用一生的努力都无法抵达的起跑线，无论你再优秀，都会遇见一个比你更优秀的"爹"。我也知道随着不断成长，你会发现这个世界存在太多的不公平，你在那些黑幕和权力、金钱的交易下渺小得像一粒风中沙，你可能直到最后不知缘由地被淘汰时，都不曾见过竞争对手的真容。

你若问我有什么办法吗，我只能坦诚地告诉你，没有任何办法。

我能与你分享的只是我一直像个傻子似的告诉自己：所有的"不公平"从某种意义上来说其实都是失败者的搪塞与自我安慰，这个世上的大部分人一生中都会遇到很多不公平的待遇，可与其抱怨、悲愤、恨自己怀才不遇，不如告诉自己"努力，还要更努力"。

所有励志的宝典里无非都是坚持与不弃。这个世上真的会有奇迹，因为它是努力的另一个名字。

这世上有很多人通过背景、算计、谄媚、奉承、勾心斗角获得了成功。过去的我会鄙视、会憎恶，但是后来我只会轻蔑一笑，然后继续过自己的人生，不羡慕、不嫉妒、不憎恨。当我通过努力、隐忍、宽容、坚持，获得了同样甚至更好的荣耀时，便是为他们上了最好的一课，为这个世界照进了一道明亮的光芒。

我改变不了这个世界，但我能决定自己成为一个怎样的人。

没有伞的孩子，注定要在大雨中拼命奔跑，可没有伞的孩子，一定会跑得比所有人都快。

生活就是这样，总是猝不及防地打碎你心中最精彩的梦，可又会在你最灰暗时送给你一缕阳光。你终会在最深的绝望中，遇见最美丽的惊喜，只要你能顶得住磨难，学会在失意和绝望中继续微笑前行。

无论你有怎样无法言说的苦衷，无论你有怎样难以承受的痛楚，这个世上没有人会因为你的疲惫而停下来等你。既然还是要选择继续，那就不如赶快挺起胸抬起头，拍拍自己的脸，起身继续奔跑。

若放纵、若消沉、若逃避，无非数年后眼睁睁地看着自己成为自己曾经最瞧不起的那类人。

大学毕业前的我带着无知和倔强对父母说："我要靠自己闯未来。"父母笑着说："那你去闯好了。"那时很多朋友以为我会靠父母悠闲地得到一份送到手上的工作，我笑着说："我会向你们证明吹过的牛，我都会还给牛。"

考公务员时，很多老师告诉我很多岗位都是提前为某些人准备好的，如果关系不硬很难考上。参加一些国企管培生面试时，朋友告诉我，咱们这学校就是个普通本科学校，你到那里都不好意思提自己的学校。参加世界五百强企业的面试时，遇到很多各国知名大学的硕士留学生，他们都像对待一个弟弟般指导我该去什么样的单位求职，不要在这儿浪费精力和时间。

但我却是最后被录用的那一个。

　　我想用事实证明给你看，无论是不公平待遇还是黑幕操作，无论是条件制度还是规定准则，是阻挡不了努力奔跑的人的。我更希望你相信这个世界虽然没有那么美好，可也没那么糟糕。

　　向着太阳奔跑，它自会照耀你。别管阴霾，继续向前走，心中有光的人终会冲破一切黑暗和荆棘。

　　我曾经想，当一个人遭受很多挫折和打击后，是不是就会对人生彻底失望，内心再也没有光芒。

　　可是后来我明白，一个人走过道道坎坷、片片荆棘，承受原本不能承受之重，还能在心中洒满阳光，这才是真正的成长。

　　"我想努力做一个像小太阳一样的人，即便做不到，也要努力向着阳光的方向奔跑。迎着炽烈的阳光，虽然会刺眼，但那一定是对的方向；虽然会疲倦，但影子永远会被我甩在身后。"

　　每一个看到这一页的你：心中有光的人，终会冲破一切黑暗和荆棘。

## 相信才会靠近

看不到太阳，就成为太阳，成不了太阳，就追着太阳。


大学毕业时，我以普通大学应届生的身份拿到了国企、世界五百强、银行和公务员的工作。基本上最好的应届生工作全被我拿到了。

后来学校老师邀请我做求职讲座，很多朋友也向我咨询求职的经验。我苦了大半年，最后俩月必须使劲儿玩啊，就在出去旅游前的两天写了一篇关于求职的经历感受。结果来问的人更多了，一些招聘网站也来找我写求职专栏，这种以过来人身份分享经验的文章我其实很不爱写，不能文艺不能煽情不能耍贫，而且写得再真诚还是会觉得有炫耀的嫌疑。

但我后来却把这篇文章置顶在了自己的微博上。读者粉丝每天来来往往，一个博主的格调多么重要，这是我这辈子写过的最不酷的文章了，可我还是坚持把它置顶了。不知多少人因为别的文章关注我，结果看完这篇离开了我，心酸。

我为什么要坚持把那篇文章置顶呢？接下来的都是憋了很久的掏心窝子的话。

后来看到越来越多的人询问关于求职的问题，我还索性特意发了一条微博征集大家的问题，准备针对不同工作进行详细解答。可我始终没再写关于求职攻略的文章。为什么没写？因为我发现根本的问题并不是攻略，绝对不是。

是太多的人，从心里就不相信靠自己可以找到那些好工作。

工作之后，一些过去的学弟来请我吃肉。我心里知道，他们多半是想从我这儿获得一些关于未来的路该如何走的经验。每次我都很坦诚地接待他们，很多次还被我抢着结了账。

喝点酒之后，他们都会问我一个问题："豪哥，你那些工作真的都是靠自己找的吗？"

这话其实也在我意料之中，那份求职经历确实会让人产生怀疑，不过被怀疑才有实现的价值。我的鼻梁很挺拔，但那不是靠说假话长出来的。大学毕业时高中同学聚会，也有不少同学问我："你工作的事你爸花钱没？"我都是笑笑，然后告诉他们："花钱了。"

他们不过是想寻求一种心理安慰，我给他们便是了。

世上这种人我见多了，自己放弃自己，还要拉着别人跟他一起放弃自己。"滚犊子"三字留在心里，为了世界和平，就给他点善意的谎言。

而后由于那篇文章置顶的缘故，评论与日俱增，我都耐心地看了。我特意统计了一下，将近三分之一的人都持怀疑或嘲讽的态度。根源在哪里？就是他们不相信。

他们不相信我，无所谓，你是一个怎样的人，心里就相信着什么。不相信我的经历，就说明潜意识里你也不相信自己可以靠努力取得同样的成果。

我一点不委屈，我活出怎样的人生，那是我的事，别人说好说坏，我都照样活。可我真的希望能靠自己多少唤醒一些人埋藏在身体里的力量，哪怕是被丢下的那些曾经发着光的信念也好。

工作的时间不短了，直到现在困扰我最大的问题还是：为什么那么多人不相信可以靠自己找到一份好工作？并且还有不少人就那么心安理得地双手一摊，等着靠家里解决。更多让我受不了的是，有人明明可以靠自己找到一份不错的工作，却对自己的未来敷衍了事，要不就是干脆消沉到底，还挺倔强："嗯，我就这能力了，听天由命吧。"

如果不是如今我以温柔处世为原则，我真想把你的脸撕得再厚点。

你爸妈多大了，还要操心你找工作的事，你睡得着觉吗？你自己那少说二十年的日子白过了？你泡妞谈恋爱时的不顾一切和倔强哪儿去了？别人嘲讽你误解你时你心里的不服哪儿去了？

口口声声说自己有梦想，要过自己的人生的那股子执着哪儿去了？

言辞可能有点儿激烈，不许急眼啊，急眼就说明全被戳中了。

对于过去自己拿下的那些工作，我没觉得有多么了不起，因为这世上大多数人都是在靠自己打拼。我心里困惑和着急的是我发现越来越多的人，明明家境一般，却仍然等着父母为他们的未来向别人谄媚和低头。越来越多的人，从一开始意气风发地说自己一定要拼出一片天地，到最后对现实妥协，自己放弃了一身的才华和潜力。

说心里话，我之所以能拿到那些工作，归根结底是因为我相信——我就是相信即便这个世界有再多黑幕和阴暗，也总有阳光照进的角落。我就是相信岁月给我的那些挫折和磨难，当我坦然承受并继续执拗地向前闯时，它终会给我一个拥抱加么么哒。

我就是相信，老天爷真的看得见你的努力。它为了世界的平衡，需要创造堕落者和懦弱者，需要在一片天空布满乌云，可它也需要倔强者和执着者，需要给他们让出一道光明。

我就是相信这世上从来没有做不到的事，只有不够想做与不够坚持。

你说那些攻略有多大用？我把我知道的每种工作的笔试、面试经验都给你，我把学习公务员试题的心得都写出来，可你从心里、从潜意识里就不相信，不相信你可以打破那些有背景、有钱、有势人的屏障；不相信你身上有着一个挖不到底的潜力洞；不相信你可以从那些质疑与嘲讽声中站出来，成为努力换奇迹的一员；不相信那些曾经漫长到一次次快要放弃，可还是独自咽下汗水和泪水逼着自己再坚持一下的日子，有天会全部化成让你原谅生活过去对你所有刁难的果实。

你真的不是没有实力，你偏要埋葬自己，我没有办法帮你。

如果你相信，非常相信那些攻略和心得，大部分你是可以靠自己悟出来的，并且会比我体会得还要深刻。因为那是你靠自己的汗水和黑眼圈收获的，那都是独属于你自己的心得。

这世上很多经验和阅历都无法从他人那里汲取，只能靠自己获得。而那些他人的经验和阅历其实多半也并无大用，你自己的才是最好的。

弯路要更坚定地走。因为那些弯曲的、颠簸的、让你看不到终点的，恰恰是通往捷径的最短路线。

迈过的坎，蹚过的泥，日后都会成为你脚下的风。

大学毕业前的那半年，我眼看着很多曾经在校园里牛逼闪闪的人，出了校门便一头跌进了谷底，学校和社会的竞争比起来简直不值一提。可我也看到很多过去在校园里默默无闻、被大家拿来作为自我安慰对象的人，爆发出了过去所有人都没注意到的潜力，最后让人亮瞎了眼。

那些跌倒的，多半是最后自己放倒了自己；那些触底反弹的，多半是咬着牙自己扶起了自己。

我和他们靠的是什么，真的没有大道理，就是相信。因为相信，从不畏惧将来；因为相信，那些深陷谷底的日子不需任何人搭救；因为相信，黑夜便化作自己的太阳。

这个世上除了父母你还能相信谁？不相信你自己，就等同于杀了你自己。

我总觉得一个人相信什么，他未来的人生就会靠近什么。

你相信人的才能都是上天赐予的，那你不会认同"一万小时理论"而沉默地努力，在尘埃里坚定地等待破土而出的日子。你认为这个世界都是靠背景和谄媚成功的，那你只会永远活在自己筑起的生不逢时、怀才不遇的悲愤城墙里。你相信这个世上有很多天生的缺陷无法从他处弥补，那你只会对自己身上那一点、其实太多人都有着的缺陷永远悲怨，直到磨灭了身体里藏着的火花。

你相信命运终归是不公平的，可怜的你，一辈子也不会体会到那种靠自己冲破束缚，打碎桎梏，成为自己世界里英雄的快感。

如果你只会抱怨生不逢时，时运不济，相信我，早晚有一天你所抱怨的会成为你的人生。

"取乎其中，得乎其下"，你所相信的，斩半之后就是你的未来。为什么那么多闪耀的人都是执着的理想主义者？就是因为他们的理想高得简直被世人嘲笑，可正因如此，他们即便没能实现那被世人嘲笑的理想，也会获得让那些人一辈子只能瞻望的背影。

回到前面留下的问题，为什么写过不少文章，我却偏要把那篇求职的文章置顶？我不是为了标榜自己，我知道，那篇文章无论看了一半还是两句，是质疑还是嘲讽，都会多少给他人带来一点冲击：原来有人能做到这些，我可能也可以吧。

　　我只是希望能通过自己多少唤醒一些人埋藏在身体里的力量，哪怕是那些丢下的曾经发着光的信念也好。

　　看到这一页的你，请你相信自己，好吗？我知道即便相信也很难实现，可相信真的会靠近。

　　工作之后，一些经历让我也有一阵质疑一切美好，推翻了过去很多的信念。

　　岁月和时间，是治愈伤口的最好良药，也是吞噬和掠夺光与热的最强恶魔。

　　我常觉得那些珍贵的东西，从每个人来到这个世上都是被上天公平赐予的。比如善良和爱、梦想和希望、勇敢和倔强，还有向阳的心。日后活得幸福与否，成功还是落魄，也许不是靠后来获得了多少，而是保留下来了多少你曾经被轻易赋予的。

　　走得更远，或许也走得更闪耀。可是如果丢失了生命所赐予我们的、天生的那份感知光与热的能力，拥有得再多，内心也早已是一片漫无边际的沙漠，拥有的领地再广阔，也不会再开出一朵芬芳的花。

有时会想起童年的灰暗、中学的堕落、毕业求职时那些让我一度想要放弃自己、修改信念的残酷现实，我走过了，并且活得更好了。

我从未因那些后来所谓的成就和光环感到过多少骄傲，但我确实很骄傲。

我骄傲的是，那些过去的灰暗直到如今也从未侵蚀我一丝一毫，心里的那份光与热，因周遭的灰暗而越发炽烈。

我家里条件在北京也算不错，身边朋友有一半都是靠家里铺垫未来的，他们是我的朋友，不评价，人的好坏也不能因此来论断。但我从那个年少时一群人陪你一同眼里发着光、心里带着热、谈论梦想和拼搏的年纪，一直走到今天，走到只剩下自己眼里发着光、心里带着热、对着镜子和自己谈梦想与拼搏的年纪，我始终没有改变过。这种活法不是逼出来的，是我自己选择的，并且绝不会改变。

如果换一种活法，我会觉得生命等同于白过。

如果换一种活法，我还怎么成为自己世界里的英雄？

请你也一定要相信这个世界所有的光与热。那样的你即便会被黑暗击倒，但心里的光与热会赐予你扶起自己的力量。

请你也一定要守住心里那份光与热，那样的你即便会被乌云笼罩，但身体里会拥有一把利剑，不须期盼乌云的散去，它们早晚会被你刺穿。

看不到太阳，就成为太阳，成不了太阳，就追着太阳。

有时候感到寸步难行，也许是你已长了翅膀，却不相信自己可以飞。

请相信自己，你可以成为自己世界里的英雄。

最后唠叨两句，长大了写幽默、写情感、写真相、写他人的故事，总不好意思再写这样的文章。但我从不是那种为了励志、为了热血而写鸡汤味文章的人。我就是这样活的。

会倾诉，会伤感，但在生活面前，我无论如何都不会退步，手里攥着剑一往无前。累了倦了，就想想有个"牙膏"在世界的另一个角落陪着你呢。

相信自己的感觉很棒，比如觉得自己很帅很可爱。身体里有光有热的感觉也很棒，因为它们还能帮你燃烧脂肪减肥呢。看吧，就算为了瘦，你也该守住它们。

这样的你，有一天才真的叫瘦成一道光。

## 所有难熬的日子最终都温暖成了现在的自己

"你曾经最难熬的那段时光是什么时候？如果可以回到过去，和那个时候的自己聊聊天，你最想对那时的自己说些什么？"


2014 年 1 月 26 日，我在自己的微博、人人网、豆瓣上发了这个问题，希望征集读者和粉丝的答案。

评论加起来过千条，每一个回复我都在睡前认真阅读过。想留下的有太多，但由于字数限制，只得摘选出以下部分。

谢谢曾留下评论的每一位读者，谢谢你们对我的倾心相告，谢谢你们这些年给我的陪伴。

三年前，我说过，这本书我一定要尽我所能地放进你们的名字。

无论这里面有没有你的名字，你的名字，我都读过，并且刻在了我的心里。

这一章，不是我书写的，是生活在这个世界各个角落的他和她一起写下的。

看到这一页的你。

你虽会孤单，可从未踽踽独行。这个世上有很多你看不到的人，在和你一起经历着一样或是比你还苦痛的成长。

你永远不是一个人。

他和她没有退缩和放弃，你也不能。

请相信时间，并相信自己。

@莫莫莫大芝：自己挣钱上高中那会儿，正值盛夏，每天都站在阳光下采摘鲜嫩的茶叶。一天结束时，看着自己采摘的成果，心想离学校的大门越来越近就非常开心快乐。那段时间过得很踏实很满足。怀念那段单纯而又美好的时光，是那段美好的时光铸就了今天快乐而又坚强的我。

@一只秋蝉：失恋的时候，想跟她说，半年后你会在浦东20路的公交上遇到一个男孩子，而且你其实认识他很久了，那时候你会像个花痴，开心很久，会完全忘记现在失去的这个人。而且时间久了，你会明白他不过是普通人。甲之熊掌，乙之砒霜。

@星空下感受知足：想回到4岁那年，对在车祸中受重伤的自己说，意外不一定就是坏事，还好那时你还小，长大后不会把很多爸爸和医生后来提起的撕心裂肺的情景记得清清楚楚。一切都是最好的安排。只要你还有时间活着，你就是幸运的。

@__YingWen_字：失恋、失学、失业。做一个三失女青年。后来才发现，当你没什么可以失去的时候，可能就是获得的时候。

@某橘一：不想提起曾经最难熬的那段日子，但是知道现在过得比以前好很多，也会想回到过去，告诉那时候的自己，一切都会过去的。虽然这些都是很俗的话，但是经历了以后会觉得原来真的不是那么难。当时所有人的安慰都没有用，只有一句话，时间是良药，是真的。

@凉辰：难熬的是毕业之后去了苏州，工资不多，租一间小民房，没有朋友，没有电脑，没有电视，甚至手机都不是智能的。

每天下午五点下班，六点就躺在床上盯着唯一的电器——灯泡发呆，有时候不知道因为什么大哭，有时候又特别焦躁抓狂，感觉自己都快疯了。不过经历过这段时间之后，不再觉得一个人有多难熬了：现在我还是一个人，但是我很享受这样的状态：画画，看电影，听歌，打扫卫生，养花。如果可以回去，也许我只会拥抱下自己，然后说一句：加油。

@Miss-何何何：最难熬的时光我也不记得是什么时候了，只知道现在自己过得挺好的，过去的都过去了，我还有很长的路要走，还有很多风景等着我去看。如果让我回到过去，和曾经的自己说上几句话，我首先一定会给她一个大大的拥抱，然后告诉她：你不必逞强，时间会为你疗伤。

@迷路的导航台：就像雨必将落下，一切心痛和苦难都会过去，你所要做的就是照顾好自己。

@风过浅浅不相逢：于我而言，最难熬的是走在熟悉的街头，听熟悉的CD，好像一切都在昨天，可是我清醒地知道那个人离开了。如果可以回到最难熬的时候，我一定告诉自己，怀念是生命中最无能为力的事，且卑微。一生中唯一需要回头的时候，定是为了看自己到底走了多远。

@素笙 sean：在考研结束的前两周。每天早上起来努力给自己希望，晚上带着绝望回来，因为不会的东西越来越多。每天睡觉前心里都是各种翻腾，好像生活真的是没有希望，却又不得不坚持下去。现在回头来看看，不过是太在乎，在乎到认为它可以决定一生。努力就好，不要想太多，这是我想说的。

@Hey 小阿莹：不管你现在承受着什么样的痛苦，有着多么深的绝望，或者你觉得全世界都不理你了，你都要相信这些都会过去。你会发现这些人没什么 大不了，你看我现在不是好好的吗？什么时候都不要放弃希望，你的委屈定会让你发光发热。

@陈西原：应该是在爸爸去世后的六年时间里。那时候，因为财产问题妈妈面临很大的压力，天天跑去法院和妇联。我每天都在亲戚家借宿甚至有一段时间天天想着自杀这件事，可我不敢，我知道我妈什么都没有了，她只有我。如今，一切已经过去，我特别想抱抱那时候的自己，对她说：乖啊，别哭，你看，我们过得好好的。

@言必成公：都会过去的，相信时间。

@芷栖于汀：前一阵，姥爷离开了我，真的真的很难过。强颜欢笑，偷偷地哭。那时每走过一个地方，都仿佛看到点滴的时光猝不及防地闪现于眼前。现在想来，很想对那时的自己说一句："乖，勇敢一点。"回忆总会一直记在心里的，那些温暖，最终都会变为让你勇敢的力量，帮你面对接下来的人生。姥爷，我很好，我很想你。

@ 花田半亩 wish：当我看到"最难熬"三个字时，我努力想着到底是哪段时光才配得上这个词，却发现其实我的生活似乎还没那么糟糕。尽管我明白一定有那么些日子我觉得自己过得很苦、很煎熬，但现在我真的忘了是什么让我觉得难熬。的确，曾经让我哭的事现在都能笑着说出来了。我想对自己说，其实当时你没那么苦。

@ 三寸日光一遇见：五年前刚刚毕业，在外地，因为没有钱，住的地方没有暖气，晚上经常停水停电。白天上班，晚上准备考试，连续三个月每天睡眠不到六个小时。后来考试并没有通过，我在那个小房子里又住了两个冬天。现在我想告诉自己：谢谢你那时的坚持、坚强，即使不是所有的付出都能得到回报，命运总会以另外一种方式还你公道。

@ Lynn 杨熊猫：会有许多意料之外，却没有过不去的坎。

@morning_gO_GO：曾经觉得最难熬的时候是当初自己一个人出国读书，失恋、孤单，只身一人的时候；没有家人庇护，每每难过到想哭，翻遍手机通讯录，却生生把话咽进肚子里，说给自己听的时候。要是回到那个时候，想对自己说，当时你以为熬不过去的所有，在如今看来都只不过是零星碎片而已。

@ 章此涵：最难熬的时候是初恋分手。坐在冰天雪地的操场，一个人打遍了手机通讯录里所有号码，却一个也没有接通。要窒息的痛感无法释放，只好告诉自己：大家好忙。他不要你了，终于可以自己好好爱自己了，没有情敌跟你抢着爱自己了。多好。

@ 嘉壹煞笔：最难熬的时候就是高三第一个学期，抑郁症犯了，整个人都觉得轻飘飘的，那是一种正常人体会不到的绝望，什么都记不住，什么都觉得无所谓。其实对患抑郁症的人来说，自杀真的不是一件很特别的事，因为不去想才是真的解脱。如果我能回到过去，我想对自己说：你千万别死，你的大学过得忒精彩了。

@ 宋一笑愚：有些事情必须得是自己熬过去，要么疼，要么死。过去了，就重生了。

@ 陈 chan_L：准备出国，托福考试三次失利，虽然别人嘴里说你可以的，但心里早就默认，算了吧。老爸一直不赞同我出国的选择，总觉得我是在无益地坚持……现在，在和国内有五个小时时差的南半球敲下这些回忆的时候，很想给当时的自己一个拥抱。那些固执到没有退路，为出国奋斗的白天和为未知成绩辗转难眠的夜晚，都变成长大的印记。

@噗：想对那时的自己说：你要加油，虽然这段日子漫长得一眼看不到尽头。你咬牙告诉自己人生只能自救的那个冬夜里，你的难过我至今难忘。相信我，你的想法是对的，你不知道自己在那以后有多棒。过几年你就会知道，对于现在的一切，你都没必要那么大动干戈。时间是波光粼粼的河。

@良辰——：2012年，相隔半年，先后失去了爸爸和爷爷，感觉生活一片灰暗，表面上还要装作没发生过一样面对家人朋友，怕他们担心，很累。后来在一个电台网站"邻居的耳朵"上听到了《你不必逞强，时间会为你疗伤》。听了很多遍，哭了很久，也给了我安慰。两年多过去了，虽然想起来还是心疼得难受，但对生活开始有了希望，时间真的在疗伤。

@追光一同：曾经以为的难熬，都在时间的洗礼下，变成现在想起时嘴角的微笑、心中的涟漪。一直都是，以为眼下的困难足够难熬，后来发现也不过如此。时间是一个神奇的东西，它不能打倒你，便会救赎你。

@陈晓宇：难熬的时光有很多，我没办法说清楚哪一段是最难熬的。并且就像生小孩儿一样，都说生小孩儿是无法想象的痛。我问我妈有多疼，我妈说，只记得很疼，但到底有多疼，它过去了我也就忘记了。最难熬的时光过去了，我也只记得它难熬，却不记得怎么难熬了。大概会对自己说：有一天你会忘记它有多难熬。

@王晓雪 sssnow：最难熬的时光是两年前，刚刚和男朋友分手，感觉天塌了一样，一个月瘦了十多斤。每天都在臭矫情胡思乱想，觉得以后再也遇不到这么喜欢的人了。如今早已释怀，回忆是美好的，好好说再见，继续向前走就是了，自己也会遇到下一个风景。如果要对当时的自己说句话，那就是：如果可以，请多瘦十斤。哈哈。

@福一兔：等待某项考试成绩的那一个月，是人生中最难熬的时候，没有之一。如果回到那个时候，我会对自己说：其实人生就是这样子，我们站在时光轴上的某一点，我们会觉得那件事很大很大，但等我们走远一点，让那些难过的事成为历史，会发现，它不过尔尔。蔡康永说过："时间没有魔法，只是拉开距离。"不是吗？

@ 梁楠男：当初每段让我感觉是一生中最难熬的日子，现在回想起来都没有那么深刻了。时间真的可以疗伤吧，曾经痛苦不堪，夜不能寐，如今早已无关痛痒。

@ biubiu 少年：难熬的那段时光是，17 岁那年高考失败，曾经的宏伟梦想化为虚无，到了一个自己都看不起的地方。同时跌入失恋的低谷，双重打击。整个人都变得特别暴躁和消极，和家人的关系急剧恶化，特别厌世。整个大一都在虚无和颓废中消耗，觉得世界很大，可是我却毫无希望了。如果真的有机会站在当时那个充满戾气和棱角、尖锐又任性、自大又清高无比的自己面前，我可能什么都不想说，只想摸摸她的头，心里想着，一切都有安排，只是你没有看穿上帝的好意。

@ 阿囧 apan：周遭的人都说这是个看脸的时代，但你也要继续勇敢走下去。你不美，但你可以最自在；你不出众，但你可以洒脱。胖可以减肥，不好的可以努力去改变，自卑却永远只会是尘埃里开不出的花。勇敢一些吧，你会越来越好，你会成为我的好姑娘。只要过去了，就不会是最难熬的时光。还好一切都将会过去，只怕你不勇敢。

@陈晓晖：现在想想有很多当时觉得特别难熬的时候，是那种感觉下一秒都不想再继续的艰难，可是现在再去想那些时刻，却已说不出当时的苦与痛，只记得有过那样一段时间。可能真的是应了那句话吧，过后再去回想当时的苦痛，真的会觉得没有那样艰难，时间真的会为你疗伤。

@老刘家的小小落：所有难熬的日子最终都温暖成了现在的自己。

@陈亚豪牙膏：想起一段歌词，送给你：

"我说人生的经历总无常，你又何必介怀心上。一切苦与乐最终都一样，是为旅途增添花样。"

终有一天会出现一个人，让你像流沙、像落雪，那些别人在上面划了又划的痕迹，他轻轻一抹就平了。你要好好地等他，要相信他一定会穿过人海，让你找到他。

把梦想藏好，

那是你与上天悄悄许下的诺言

　　　　如果天生没有追逐梦想的资本，那就靠自己的双手去创造条件。

而不是因为自己有梦想，就成为别人的负担。

一

　　大四时，有天父亲的一位朋友顺路送我回学校，车上只有我和叔叔两个人，路程大概要一个小时。沉默的气氛难免让人有些压抑，两个人都想找一些话题闲聊两句。

　　其实很忌惮和这个年龄的人聊天，总觉得很难找到适合的共同话题。叔叔在路上随意地问我："大四了，以后想干什么，有打算吗？""有，但是父母不赞同我的意见，只好先按照他们的意愿努力。"叔叔扭过头看了我一眼笑了笑："你这孩子还真是听话，不过这样很对。""是啊，也不是妥协或是任爸妈摆布，只是觉得现在的自己还没有足够的资格选择以后的路。"他又扭过头看了看我，也许是第一次见我，我染着头发戴着耳钉，聊两句后发现并不是他所设想的一个叛逆青年，便问："那你心里有自己的梦想或是喜好的事物吗？""当然有，不过既然现在不能实现，还是暂时不说的好。""这个态度不错，把梦想藏在心里，但是以后不要忘了。你看我，打拼了这么多年，虽然挣了不少钱，却再也没有了为当初梦想闯荡的勇气，一生的遗憾。"

收到一个读者的留言，她说自己过得一点也不快乐，每天的生活都是由爸妈安排的，只能逆来顺受，接受他们对未来所有的规划。在长辈眼里她是一个很优秀的女孩，可这些并不是她想要的生活，她有自己的梦想，有对未来的憧憬，很讨厌现在的自己。

一个亲戚家的孩子从小喜欢画画，天赋很高，疯狂地沉溺在一个人的画板世界中，一心想当画家。而让我羡慕的是他有一对开明的父母，一路上从未阻碍扼杀过他的梦想。在那个父母、老师一遍又一遍教导我们，唯有好好学习才能有出路的年龄，他的父母却尽最大所能支持他，学习方面过关即可，从不要求过多。后来这个男孩高中就出了两本自己的画集，同时给杂志画插画，每月有上万元的收入。

那时看着他离画家的梦想越来越近，心里有种说不出的滋味，羡慕之余更是一种无奈和落寞。有时觉得自己就不该知道梦想这个东西，这样就不会羡慕不会失落，安静地接受父母所有的安排、老师的所有教导，不知痛痒地做一个只知学习的好孩子、一个麻木的机器人。

每个人都有梦想，每个人都有热爱的事物、想要的生活，每晚躺在床上，每天走在路上，那些幻想中的关于未来的小小的片段都是梦想的一部分。可是很多时候，是容不下梦想家的。我们大多数人从小就被剥夺了梦想的权利，更没有追逐梦想的资格。幼儿园老师问我们长大以后想做什么时，每个人的答案千奇百怪。长辈明明想让我们拥有梦想，可随着成长，他们却又一次次地给我们洗脑，软硬兼施，偏要把我们打造成一个和千万人一样的人，然后冠冕堂皇地告诉我们，考上好学校，找个好工作，挣很多的钱，这就是你该有的梦想。

高中那两年我很叛逆，虽然也努力学习，可就是不想和别人一样，做过很多让父母操心的事，心里总是抱怨为何自己没有一对开明的父母。

有次在外面和妈妈吃饭，她讲了件同事家孩子的事，那个男孩一上高中就和朋友组建了一个乐队，每天脑子里想的就是唱歌，学习一落千丈。他的爸妈这两年不知为他操了多少心，吵了多少架，每天想尽办法让他重新回到以前，给他转了两次学，可还是一点改变也没有。妈妈讲这些的时候一直在叹气，也许这就是母亲之间的共鸣吧。她对我说："我们不是不让你们有爱好和梦想，也不是为了让自己在朋友同事面前提到自己孩子学习优秀、工作好时有面子，只是担心以后你们连养活自己的能力都没有，害怕你们以后生活得不好。"

那天之后我就安下心来接受爸妈所有的教导和安排，让我做什么我便做什么，再无任何抱怨，推翻了自己曾经所有的倔强。好像忽然一下就明白了，梦想这个东西一定要有，但不能是偏执的，更不能是自私的。那些执意追逐梦想、为了梦想头破血流却依然勇敢如初的人，再也引不起我任何的崇拜，因为他们很多人连父母的白发都看不到，连亲人的担心都不闻不顾。即便他们日后真的实现了梦想，也伤害了很多爱他们的人，他们甚至是在用父母脸上的愁容和头上的白发来换取自己的梦想。

如果你天生没有追逐梦想的资本，那就靠自己的双手去创造条件。而不是因为自己有梦想，就成为别人的负担。

二

这些年见过很多追逐梦想的人，有的人有富足的家庭条件做后盾，有的人一无所有却孤注一掷。对那些天生就和自己不在同一条起跑线上的人再无羡慕，只是真诚地祝福，希望他们能珍惜上天赐予他们的禀赋和优势。对那些宁愿跪着也要走完梦想之路的坚毅之人，自己也不会像过去那样崇拜了，只是由衷地尊重，祈祷他们能早日走到出头的一天。

我们大多数人的家庭条件并不宽裕，父母用半生的心血培养出了一个大学生，那么你就要先努力找一份好工作，改善家庭条件，让年迈的父母安享晚年，起码不再为你操劳。你不能忘记，你对你的家庭、日后的爱人与孩子，还有你自己，都负有不可推卸的责任。

也许这个时代的我们受到了很多西方文化的影响，可这是在中国，它的社会福利体系尚在完善中，子女要担心父母的养老问题，父母要操心孩子的上学问题。大多数的我们都不可能没有忧虑地做自己喜欢的事情。

每日沉溺于自己的爱好和梦想中，为梦想一意孤行的人看似英勇洒脱，可他们能为了自己的人生如此热血，却看不到背后亲人的担心。他们会为了日后终于实现梦想的英雄画面兴奋不已，却忘记了父母为了他们一脸憔悴，他们连父母的期望都承担不起。

很多人，不经意间把梦想当作逃避现实的港湾，躲避着所有关于现实和生活的风雨，梦想成了逃离一切责任的最好借口。

一年前在外面一次商演中，认识了当时负责摄影的一位大哥。大哥留着络腮胡，戴着鸭舌帽，身上背着各种华丽的器材，大师范儿十足。因为对摄影也有些兴趣，商演中间休息时便和他攀谈起来。聊天中得知他三十五岁，爱好摄影已有七年之久，可做专业摄影师的时间只有两年。让我没想到的是，他在做摄影师之前是一家中型外企的副总，收入不菲，发展前景也不可小觑，而他正是在前途一片大好时辞职做了摄影师。

他说自己真的很喜欢摄影，喜欢到骨子里，想把它融入生活中。过去因为生活的负担，自己一直不敢走这条不靠谱的艺术道路，只好先努力工作挣钱，但心里的摄影梦一直不舍放下。终于在两年前自己靠着这些年的努力攒下了一笔不小的财产，只要不贪图享受，还是足够让全家生活无忧的，于是便毫不犹豫地辞职开始了这条苦等了五年之久的梦想之路。

那天商演回来后我躺在床上辗转反侧始终睡不着，我被他对梦想的一路坚持所感动，更对他在现实面前追逐梦想的成熟佩服不已。而他当时只是轻描淡写地和我说："先努力找份好工作养活好自己和家庭吧，心里的梦想不必着急实现。"

是啊，不必着急实现，如果真的想实现，梦想永远都在另一边等着你。

人要有勇气为自己的所爱而活，但不能把梦想当作逃避现实的港湾。那些无奈被物质和金钱的需要驱赶着成为"凡夫俗子"的人没有什么错。

那些为了自己的兴趣和梦想，不顾家人的担心，倔强追逐的人也不能算错。可是，先学会面对现实，直面生活的残酷，承担所有的责任，努力为生活奋斗，把梦想悄悄藏好，心中告诉自己定有一天要去实现的人，也许才是最成熟最坚强的追梦人。

大学那两年听从了父母的所有安排，记下了他们所有期望，每年拿三项奖学金，做"三好学生"、校学生会主席，后来又为了他们期望的工作努力奋斗。

可这些并不是自己想要的，甚至是嗤之以鼻的，可就是为了每次回家把这些在学校里取得的荣誉汇报给他们时，他们脸上那藏不住的喜悦，他们在亲戚面前提起自己的孩子时那由衷的骄傲，自己还是低下头去默默地努力了。

父母每日所承担的那些生活的压力和繁杂的琐事，已经将他们打磨得麻木，社会的残酷和冷漠早已给不了他们最单纯的开心，能给他们这样感觉的只有他们的孩子。我能为他们做的并不多，只能尽力不让他们的期盼落空；不忍看到他们失望忧虑的面容，便尽自己所能给予他们有限的欢笑和安慰。

可我热爱街舞，喜欢写字，喜欢一个人安静地获得自己想要的知识，我有我的梦想和未来想要的生活，我只能把对未来的所有期许和对梦想的憧憬都悄悄藏在心里，我用完成他们期盼后的时间追逐自己喜欢和想要的，跳舞、写东西、看自己想看的书、做文艺晚会策划，拿了大学生的街舞冠军，为杂志撰稿。这些都是我挤下时间熬夜早起所获得的，可我这样的努力，也只是为了不让自己有一天被曾经的梦想抛下。

每个人的一生都有两条路要走，一条是必须走的，一条是自己想走的。爸妈的心愿、现实的压迫、生活的责任，这些都是必须走这条路的原因。而大多数的我们只有把这条必须走的路先走好，才有资格走那条自己想走的路。

　　我没有足够富裕的家庭条件，能让我无忧无虑地追求想要的生活，也没有勇气不顾亲人担心为梦想孤注一掷。我就是这样一个和大多数人一样普通的少年，一直被现实和梦想夹在中间跌跌撞撞地过着我的人生。可我从未逃避生活的责任，也没有对现实妥协，我没有勇气为梦想放手一搏，也从未忘记自己未来真正想要的生活。我把梦想悄悄藏好，但一刻也不愿丢下。我拼尽全力，只是为了能早些走完这条必须的路，好让自己有足够的资本走那条日后真正想走的路。

　　三
　　梦想这个词，有时看起来很奢侈，因为它对于这世上的很多人来说，从一出生就是一个无法碰触的词汇。那些从小便注定要为了最起码的衣食饱暖而奋斗的人，可能这一生都不会有机会停下来想想自己究竟喜欢什么、想要什么。

　　"梦想"这个词有时听起来很矫情，总是把梦想挂在嘴边的人难免让人觉得有些不切实际，总喜欢幻想却始终不能脚踏实地。"梦想"这个词有时又很悲壮，因为生活中实在有着太多的琐事和责任需要我们承担。当梦想和现实那面高墙碰撞时，总会留下一地的碎片，那是内心深处的渴望和无法逃避的现实碰撞后的失落与不甘。很多人就是在这一次次碰撞后，不得不丢下曾经的梦想，横下心来为了生活而生活。

可是人总要有那么一点盼头，那么一点好似不切实际的幻想，那么一点可以证明自己还没有变成一副皮囊的希望。即便此生真的无法实现，可是当在外面忙碌奔波了一天，躺在床上畅想一下日后自己最想要的生活，内心那片死水也会泛起一点涟漪，起码会给麻木疲惫的、已经习惯对生活逆来顺受的我们带来一点久违的激情。

你还记得曾经的梦想吧，还记得自己最想要的生活吧。你说有一天想去看看这个世界上没看过的美，你说想开一家小小的属于自己的咖啡馆，你说你想找一份自己真正喜欢的工作。白天八个小时与喜欢的事情做伴，下班后十六个小时和爱的人相依，每天都是满满的幸福。

可现在的你受到父母的管教与现实的束缚，只能在日复一日的生活中挣扎。我想告诉你不要灰心，不要放弃，更不要麻痹自己。这个世上大多数的我们都是这样矛盾地努力着，看着梦想在眼前若即若离。

虽然现在的我们只能被现实无情地拉扯着，离梦想越来越远，但不能丢下它。把它悄悄地藏到一个只有自己看得见的角落，然后勇敢地承担生活中所有的责任和负担，昂起头努力地大步走完那条我们必须走的路。心中那个藏起的梦想就是我们最强大的动力，是我们热血的源泉。走完这条必须走的路，然后就可以走那条想走的路了，想想就会对生活充满希望。

那些靠着优越的家庭条件而没有后顾之忧的人，看似让人羡慕不已，可他们从未品尝过梦想和现实碰撞后那悲壮到让人心碎的感受，没有现实的残酷，没有生活的枷锁，他们在追逐梦想的道路上太过轻松。柴静说："不曾在深夜一人痛哭过的人，不足以谈人生。"那么我说："那些不曾体会过梦想明明触手可得，却被现实拽得越来越远的人，也不足以谈梦想。"

我们是没有天赋也没有优越的家庭背景的普通人，我们也是心中虽然充满了对梦想的渴望，却没有勇气抛开一切为自己而活的庸人。这样的我们，一边被现实残酷地束缚，被责任和亲人的期待压得无法动弹，手脚满是桎梏和无奈的枷锁，可依然憧憬未来那最想要的生活，依然不愿放弃对梦想那仅剩一点的热血。这样的我们，已对梦想足够坚持。

不逃避、不躲闪、不放弃、不妥协，笑着面对那些曾经嘲笑我们梦想的人，因为被嘲笑的梦想才有实现的价值。不怕来不及实现，不用在乎需要多久才会实现，因为这样坚定成熟的我们终有一天会实现。

一份梦想，不必让所有人都知道，尤其是身边那些爱你的人，因为倘若他们知道后却无法支持你，你就会有无奈和失落的挫败感。

真正的梦想，是在你自己心灵的一个角落与上天悄悄许下的诺言。

把梦想藏好，但不要丢下。你现在所努力的一切在未来的某一天都会成为你实现它最有力的资本。

先去努力地走好那条必须走的路，只是不要忘记，梦想一直都在那边等着你去实现。

## 流言皆是赞歌

有人夸你优秀，便有人说你不过如此；有人说你随性，便有人说你装；有人说你实在，便有人说你虚伪。你活在这个世界上，永远不可能让所有人喜欢你。你每次因为他人的三言两语就停下自己的脚步，每次因为某些人始终不能认可你便闷闷不乐，可你最后终会明白，你的人生就是你的，冷暖都是你的。

记得有一次和一位很久没见的老同学吃饭，相谈甚欢，吃到一半时他突然蹦出一句："你这小子运气老这么好，真让人想不明白！""啊？我怎么觉得自己挺苦的。""大家都这么觉得，你看你这几年，大学时学业和爱情两不耽误，毕业后又找到好工作，网上写两篇文章也能火。你还苦？就你天天这不正经的德行，不是运气好是什么？"我使劲儿冲他龇着一嘴的虎牙笑了笑，没再多言，低头猛吃。类似这样的话语，我已记不清听过多少次，每次心里多少都会有些酸楚，倒不是因为他们背后的嘲讽，而是他们不尊重我的努力。

每个人的生活在人前人后都是完全不同的两幅画面，他们看到你中午才起，不知道你天亮才睡；他们笑你痴人说梦，不知道你努力一步步向梦想靠近；他们看你表面光鲜，不知道你每日辛酸努力；他们见你嘻嘻哈哈，不知道你每晚一个人咬紧牙关。

看起来毫不费力的背后一定是非常努力的。

强颜欢笑，谁都可以。荣耀背后，永远是说不尽的心酸和汗水。无所谓的背后，一定是一颗假装坚强的心。可这些道理没有人会为你懂得，有时你努力地感同他人的痛苦，换来的却是旁人无法身受的无奈。

这些年听过太多的冷嘲热讽，背后的闲言碎语，让人气得颤抖的诋毁，让人无可奈何的谣言……那时候脆弱的自己常常因为这些话语苦闷至极，不知该如何是好。可慢慢地也学会给自己穿上一层铠甲，倒不是变得麻木，只是生活就是这样。那些曾经受伤的地方，后来一定会变成我们最强壮的地方。

听到朋友抱怨倾诉的话题中永远少不了："为什么大家不理解我"，"为什么我都不认识他们，他们却会在背后这样议论我"，"为什么我处处与人为善，却还会有这些伤人的闲言碎语"，"我究竟怎样做才能让他们满意"。

无论是谁，无论怎样的人，一生当中大概都会遇到这样的事情，有时第一眼看到一个人就会打心底喜欢，有时第一眼看到就会心生厌恶。这是无由的喜欢和无端的讨厌，所以别人对你也是一样。每个人的意志都很难被他人所改变，如果一个人喜欢你，即便你做了很多傻事，无须解释，他也会明白你也许有自己的苦衷；如果一个人讨厌你，即便你每日行善乐于助人，他也会一脸鄙夷地说："真会演戏！"懂你的人永远会懂，不懂你的人永远不会懂。

这些并没有对错，如果错，便是错在你竟然天真地想要得到所有人的认可。因为一些人的质疑和否定而怀疑自己，为了得到这些人的认可而改变自己行走的方向，为了让那些讨厌你的人改变看法而去做自己不喜欢的事情。

有人夸你优秀，便有人说你不过如此；有人说你随性，便有人说你装；有人说你实在，便有人说你虚伪。你活在这个世上，永远不可能让所有的人喜欢你。你每次因为他人的三言两语就停下自己的脚步，每次因为某些人始终不能认可你便闷闷不乐，可你最后终会明白，你的人生就是你的，冷暖都是你的。

　　这世上缺少的是真正有勇气为自己一条路走到头的勇士，永远不缺的是因为别人的一点屁话而放弃梦想改变自己的懦夫。

　　做得再好，还是会有人指指点点，你即便一塌糊涂，也还是有人为你唱赞歌。何必要让自己掉进他人的眼光中！

　　还记得大学时的一次聚会，有位好朋友兴致勃勃地和大家讲述自己的创业计划。本是想听到一些建议和鼓励，正讲得意气风发时，有人直截了当地打断："行了吧，你能不能先踏实地把大学念完。我们刚才还在聊你什么时候能毕业呢，有人押五百元赌你肯定会成为五年级的学长。"大家哄堂大笑，朋友跟着嘿嘿一乐便坐下了，闷着头一个人喝酒。

　　这个世上总存在这样一种人，他们在不了解他人的情况下，甚至都不屑于了解，却仍要对他人做出一番自以为深刻正确的评价，然后还会大言不惭地把这些道理归为自己所谓的经验和阅历。他们是如此幼稚，不曾想过这些不经意的话语会深深地扎进别人的心坎里。可你躲不掉这些刺耳的话语，也逃不掉这些不负责任的批判，你唯一能做的就是让自己拥有一颗足够强大的内心。

　　朋友半年后取得了不小的成就，用看得见摸得着的成功证明了自己，而那些曾经嘲讽他的人仍然保持着嘲讽的嘴脸，对他的质疑也从未停止过。他虽然心里有些不甘，但还是淡然地对我说："这些质疑和背后的闲言其实是对我的一种肯定，质疑越强烈，谣言越猖狂，越是证明了我的实力，让人嫉妒本身就是一种能力的证明。"

大多数最后成才的人都是从小便备受争议的人。他们有些特立独行、固执己见，有时好像很混蛋，有时却又很善良，有时很积极有时又很消沉。在旁人眼中有时牛得不可一世，有时傻得一无是处。这都是因为他们心中有属于自己的梦想和价值观，并且敢为自己而活。

他们从来不是不知自己生命方向的墙头草。他们是茫茫大海中的一叶帆船，他们孤独却又执着，他们单薄却又倔强，他们不畏风雨和海浪，定要抵达彼岸。他们从不会迷失自己的方向，因为他们始终相信，自己就是最好的灯塔。

倘若一个人连争议都没有，那他活得才是最失败的。因为你优秀才会有争议，因为你不一样才会有流言蜚语。

如果有人在背后议论你，那只能说明你活得比他们精彩许多。

那些听起来不轻不重的话语，看起来不起眼的伤害，倘若积累起来，有时真的会成为致命的打击，众口铄金，积毁销骨。生活中所承受的压力、肩上所背负的责任、身后亲人朋友的期望，已经压得我们喘不过气。无中生有的闲言碎语、肆意而为的流言蜚语，被这些所击垮的人并不在少数。随着成长，我们都会感到愈来愈强烈的孤独感，每个人之间隐约隔着一道无法逾越的鸿沟。想要让旁人理解你，想通过别人来解救你，那你只会掉进无底的深渊，永远不会活出自己的阳光。

在席慕容晚年所著的《独白》中有这样一段话：

"在一回首间，才忽然发现，原来我一生的种种努力，不过只是为了周遭的人对我满意而已。为了博得他人的称许与微笑，我战战兢兢地将自己套入所有的模式、所有的桎梏。走到中途，才忽然发现，我只剩下一副模糊的面目，和一条不能回头的路。"

我的朋友，愿你不要走到人生旅途的终点时才恍然发现，愿你此刻的路还能回头。

秦入学不久便深感自己不适应这所学校，于是下定决心出国留学。可惜家里经济条件有限无法支持他，他没有办法，只好独自开始自己固执的求学生涯。他在网上选定了几所自己想去的大学，搜集到了这些大学的邮箱后群发了邮件，说明了自己的情况和愿望，无人回复便再发，仍无人回复便继续发。他每天努力上课，保持较高的学习成绩，一下课便开始疯狂地发邮件，终于有大学回复他了，并向他提出了入学的要求和条件。

于是他便没日没夜地靠自己的努力来达到这些要求和条件，达成一个便继续疯狂地发邮件，然后完成下一个要求。你应该能想象得到，他的这些举动在舍友和周围同学看起来会是多么可笑。他每日受到大家的嘲讽，甚至有同学觉得他精神有问题，但他依然不顾众人的阻拦和讽刺继续自己的梦想。他整整坚持了一年半，最后完成了一所著名大学的所有要求和条件，并且获得高额的奖学金。他的父母到现在都不清楚他究竟是如何做到的，那些曾经把他当小丑一样取笑的同学知道这个消息后，下巴都快掉到地上了，而他给那些人留下的是一个华丽的背影。

即便是一个人的独奏，也一样可以执着地奏出美妙的乐曲。只要你不停下坚持的脚步，终有一天会飞向属于自己的天空。坚信你脚下的路，不卑不亢，沉默而执拗，阳光终会照亮你前方的路途，而此时的你无论成功与否都已获得了生命的掌声。

不要惧怕那些路上的荆棘，不要在意那些冷眼与嘲讽，哪怕做一只小小的萤火虫，也有属于自己的光芒，这份光芒真实而美丽。

因为你的光芒耀眼，才会有旁人的质疑与伤害，因为你的光芒不同，才会有他人的阻拦和否定，这一切的一切都是因为你拥有他们所没有的光芒。

冷嘲热讽是对你的赞赏，闲言碎语是为你的精彩鼓掌。

他们不过是在为你唱胜利的赞歌。

"不用躲闪，为我喜欢的生活而活。"
"不用粉墨，就站在光明的角落。"
"我就是我，是颜色不一样的烟火。"

## 拨动年轮的情书

你们可能不是彼此唯一爱过的人，但在爱对方的这段时间里是唯一的。你们为彼此做过的事也许不是独一的，但在这个世界上只有一个你、一个他，一起发生过的事、走过的痕迹，在这个世上永远不会有相同的。深爱上一个人，难免想要他的未来又贪婪他的过去，但不该因为彼此的过去而打扰一起的现在和将来。

"喂，你知道为什么常说女儿是父亲上辈子的情人吗？"

我遇见你的时候已经是一个毛头小伙了，或者已是个品尝过爱情吃过禁果的坏小子了，当然这还算不错的，很可能这时的我已经是个历经沧桑略带成熟男人味道的欧巴了。你呢，也已经从小时候的丑小鸭长成了亭亭玉立的大姑娘，无畏亦无惧。这个年龄的你像一匹小野马，常常会气得我哭笑不得。

在你的心里可能也藏着那么一两个过去的人，只是你从来不告诉我，怕我明知没有意义，还傻乎乎地天天追着你问前男友有没有我帅、有没有我厉害之类的白痴问题。

遇见你的时候，没有歌词里那种"只因在茫茫人海中多看你一眼"的浪漫情怀，也没有《圣经》中耶稣说的"要有光"，然后遇见你就仿佛找到了生命之光的神圣感。我就是看你哪儿都顺眼，和你在一起的时候，走路、吃饭、聊天都没有一点尴尬，然后就这样像是在意料之外又像是意料之中的平淡无奇地喜欢上了你。

你也没有对我说过什么暖到我的心都化了的温柔话，你只是昂着头，甩了甩毛躁的秀发，骄傲又慷慨地说了句："反正老娘跟谁谈恋爱都是谈。"

虽然我没有感受到表白成功那一刻的心花怒放，但却产生了一种好像占了大便宜的窃喜感。

没办法，谁让我们都已经不再是那个为了爱情辗转反侧、偷偷在纸上努力把喜欢的人的名字写得漂亮点的年龄了。

"我不介意你旧，因为我也不是新的，相遇就好。"

我说这句话的时候，你用深情的眼神看着我，这让我再次确信没事多背两句小情话，绝对会增加男性荷尔蒙的真理。结果你马上又昂起头，甩了甩没有烫染的长发说："没有人点过的菜，只能说明这人活得太菜。"

你再一次扭转局势，又让我产生了一种捡到一个大便宜的窃喜感。

我们每晚睡前打个不冷不热的电话，有时聊工作，有时聊今天遇到的开心事，有时也会聊便秘的痛苦，有时也会嗯嗯啊啊地没话找话说。彼此说一句晚安，挂掉电话，然后比看谁今天先挨着枕头就秒睡。

没有缠缠绵绵的小情话，也没有挂掉电话之后的回味和肉麻的"我想你了"。

谁让我们都长大了，谁让我们是在人生的半路相遇，我们都再也不把一个人当作自己的全世界，不会再让自己爱得太深以致患得患失。

我们彼此都明白了，爱情应该是各自独立，并不依附，然后再努力走到一起。

每个周末我们都会一起吃顿饭看个电影，没有小情侣之间的腻歪，只是像老朋友要经常聚聚一样例行公事。可虽然是例行公事，每次见到你时我的心里却都会变得像棉花糖一样松软，我们在一起的时光就像天上的云朵般恬静。

我们都常感叹这恋爱谈得更像是过日子，当然，有时，我们也会一起寻找一下青春的放荡不羁，两个人去酒吧假装对方是刚刚邂逅的情人，偶尔调侃对方一句："不好意思，小姐，忘了问你叫什么了。""小哥，你比我男朋友棒很多哦。"然后在床上掀被子扔枕头，一顿狂捏乱踹后异口同声地说："你有种再说一遍！"

你每天早上打电话叫醒我，提醒我上班别迟到，每晚给我发来第二天的天气预报。工作上遇到了烦恼有压力向你抱怨时，也很忙的你虽不能第一时间用话语安慰我，却总是马上丢下自己的事，先尽全力帮我解决手头遇到的难题。你就像个女超人一样，总会在我遇到困难时换上紧身衣挺身而出，将我从苦恼中解救出来后又潇洒地回到自己的生活中。

你让我明白原来一万句"我心疼你"，也比不上一句粗糙的"什么事？我来帮你"。

看到好玩的微博会第一时间转给我，听到喜欢的歌会把歌名发给我，在网上看到好吃的小店会给我发链接让我请客。被忙碌生活充斥着的我们经常一整天谁都不理谁，微信里的对话总是驴唇不对马嘴地自言自语，但是一听见对方的声音就嘿嘿嘿哈哈哈地傻笑个不停。

你从没有让我有过爱到无法自拔的感觉，也没有让我像是终于找到了生命的另一半感到一定要珍惜。但你从来不会干我明明只想要一个苹果，却非要给我一筐香蕉这种令人必须感动又忧愁的事。

就是合拍，和你在一起无论做什么都很舒服、很开心，总是那般恰如其分。可这份简简单单的感觉，却是无论多少甜言蜜语和亲吻拥抱都换不来的。

像起初遇到你般平淡无奇，和你在一起的平淡日子里，我没有像年少时那般再因习惯而说出"好像离不开你了"的柔情骗子话。可心里却常常涌现出一个不算浪漫的念头，想让你这个人就这样一直陪伴着我走下去。

原来能够修成正果的爱情不需要轰轰烈烈的海誓山盟；不需要曾经相忘于江湖，而后彼此终于可以黏在一起，像一个人般相濡以沫的感人经历；不需要太多色彩缤纷充满怀念味道的故事；

也不需要总是分分合合，却越爱越深的自我感动的坚定。

只是，想让你这个人就这样一直陪在我身边，便足够了。

足够对抗所有的世俗现实，足够抵挡住所有的诱惑谄媚，足够打败那让人害怕的似水流年。

我想让你这个人就这样一直陪伴着我走下去。你说，这世上还有什么能让我变卦的事。

长辈说，爱情的最终归属是陪伴。是啊，所有曾经浪漫的邂逅，甜蜜的热恋，疯狂的相爱，都不可能永远像初见时那般炙热。时间总会悄悄带走所有的激情，平淡了那些美好的流年，到最后，我们能给予彼此的，还是那份浅浅淡淡的陪伴。我们最终想找到的那个人，不过是你愿意陪着我，我愿意陪着你，就这样一直细水长流走下去的人。

可是，我也常常想，在你遇见我之前，在我遇见想要一直陪伴下去的你之前，你过着怎样的生活，经历过怎样的故事。

就像所有情侣的心里永远存在一个关于"你的过去"的疙瘩，

我也时常受其困扰。我常想如今你的这份淡然、独立、美好，你爱一个人时的不紧不慢、恰如其分，你照顾一个人时的无微不至，你在爱情和生活之中拿捏得恰到好处的分寸感，还有你内心那份女超人般的强大，究竟是经历了一个怎样的过去才形成的，又是一个怎样的人，教会了你如何爱，如何不在爱情中失去自我。

每每想到这些，我的心里都像被蔷薇刺扎了似的疼，像被泡泡糖糊住了似的闷。你在青春年华里对爱情的不顾一切，对那些男孩倾之所有的爱，你年少时的那份柔情、黏人、撒娇和稚嫩的小脾气，那个像一张白纸一样天真可爱的你，我都已没有机会再拥有。

我总是在心埋羡慕甚至嫉恨那些在你年少时陪伴过你的男孩，我拥有了如今最美好的你，可他们却拿走了你那段最美好的年华。

你总是骂我自找烦恼，有时还会因此和我生气吵架。你说，我们都一样，我们都是从那个天真、稚嫩、狂傲、不羁，为了爱情宁愿伤害自己的青春里走过来的。你后来被他培养成了最优秀的恋人，我被她调教成了最好的爱人，我们都曾因为一个人成长和懂得。

是啊，我们都是在一个又一个人的怀抱和离去中长大的。曾经的稚气与自私、天真与单纯、好的坏的，都被过去的人慢慢抹去了。后来的我们懂得如何爱、如何承担、如何珍惜，也都是被过去的人用爱和时间培养与教会的。

我们半路相遇，却都已是最好的成品。对于那些打磨过我们、帮助过我们成长的人，我们都不知是应该感谢还是唏嘘。这是一场永远徒劳的烦恼。

你抬起下巴一副鄙视我的样子说："那你还没事给自己添什么堵，这日子还想不想过了！"

其实我并不是在因为你的过去而烦恼。

"我不了解你的过去，但我可以了解你的现在和以后；我不喜欢你的过去，但我可以爱上你的现在和以后；我也许永远不能坦然地赞美你的过去，但我愿意将我后半生的全部赞美都给予你的现在和以后。你的过去是死去的，你的现在是新生的，你遇见我的以后是全新的，我可以当你的生命是从我们彼此相识才开始的。"

这是我一直藏在心里想对你说的话。

如今陪在我身边的你，是一个会疼人会生活、懂得理解包容、睿智成熟、独立美好的温润女子。

我是如此坚定地想把你永远留在身边。我之所以对你的过去久久不能完全释怀，无法甩开一切再不过问，并不是像年少时那般在意一个女人的过去，为你曾经爱的人而争风吃醋，更不是因为对女人的幼稚的洁癖情怀。

我只是偏执地希望，站在我身边的你，永远是个长不大的小女孩，没有经历过那些成长里的痛、爱情里的伤，没有品尝过欺骗和分离的滋味，没有因为曾经千疮百孔而今这般百毒不侵地淡然和坚强。

你不知道，深爱一个人，总会太过贪婪，不仅想拥有她的现在，给予她最好的未来，还想回到过去擦掉她所有不快乐的回忆。

我想拥有那个像白纸一样天真可爱的你，想感受那个有着小脾气还像个小公主般蛮横跋扈的你。我只是想能一直在你身边静静地保护你。

我知道成长的轨迹总是曲曲折折，每个人的突然长大都逃不过几次痛彻心扉。看到如今淡然美好的你，我仿佛看到了那个曾经在夜晚蜷缩在一个角落一个人抱头抽泣的你。

我只是想能转动年轮的钟，回到你的旧时光，摸摸你的头，给你一个肩膀，给你一个拥抱，然后偷偷擦掉你过去所有的不快乐。

我想让你永远敢爱敢恨，永远对爱情不存忌惮，对人心不设防备，相信这世间的所有感情，永远挂着最纯净的微笑。我想让你永远活得简单、勇敢、坚定、纯粹，活得像个少年。总之，所有的苦都由我替你承受，你不许再跟跟跄跄、跌跌撞撞地长大，你不许再受到任何一个男孩的伤害。

我想来生还能再遇见你，我想能够每时每刻都保护你，看着你简单快乐地长大。

我知道，这个世上，其实两人相见恨早的概率远远大于相见恨晚。

如果来生有幸，孟婆没有抹去我前世的记忆，我多希望可以在青春年华里再次找到你，陪你一起疯狂，一起年少轻狂地长大！

或是在那个泡泡球漫天飞的童年里就遇见你，然后两小无猜地一起幻想，一起放肆，彼此成长的痕迹在对方的眼中全部能看到。但我还是坚定地拒绝这份幸运吧，因为过早相遇还不懂得到底该如何爱一个人的我们，很难像今生这样彼此陪伴着走到最后。

我只想来生能做你的父亲。

也只有做你的父亲，我才能完整地拥有你前半生的所有年华，弥补我今生没能有机会在你年少时保护你的遗憾。也只有做你的父亲，我才能让你拥有小公主般的童年，给你买最美的泡泡裙、满屋的布娃娃，把你捧在手心里，看着你无忧无虑地长大。也只有做你的父亲，我才能在你成长的每一个不快乐的时刻，第一时间来到你身边，帮你擦去所有的不快乐。也只有做你的父亲，我才能在每一次你孤单迷茫受到伤害的时候，把你的小脑袋搂进怀里，告诉你，有我在。

我一定会成为这世上最好的父亲，比疼我的妻子还疼爱你，因为上辈子你是我最爱的情人。

我唯一担心的是下辈子你不会再遇到一个像我这般爱你的男子，所以我肯定会看不上每一个你喜欢的男孩。

看完这篇文章的你，现在知道为什么常说女儿是父亲上辈子的情人了吗？

愿每一个姑娘今生都能遇见一个想要下辈子做你父亲的男人，那你一定会幸福得不得了。

更愿，人生半路相遇的我们都能不再纠结于彼此的过去。

你们可能不是彼此唯一爱过的人，但在爱对方的这段时间里是唯一的。你们为彼此做过的事也许不是独一的，但在这个世界上只有一个你、一个他，一起发生过的事、走过的痕迹，在这个世上永远不会有相同的。深爱上一个人，难免想要他的未来又贪婪他的过去，但不该因为彼此的过去而打扰彼此的现在和将来。

# 你不必逞强，时间会为你疗伤

后来的我时常觉得人不属于动物，人的生命更像是季节。春夏秋冬，寒冷的冬天总会突然来到，让人猝不及防，可春天也一定会如期而至。

## 一、越是想马上挣脱，越是将痛苦拉长

半个月前一个读者给我留言，她和初恋男友在一起三年多了。在一起时男孩曾离开过她和别的女生相恋，后来回到她的身边，现在又抛下她，再次告诉她，他心里有了别人。她说自己现在很痛苦，问我怎样才能快点好起来。我在脑海里想了很多方法，可后来只是告诉她："不要逞强，痛就痛，苦就苦，继续自己的生活。"

也许她会觉得这个回答有些敷衍，但其实这就是最快的恢复方式。

前些天好友给我发来信息，他的一个发小刚刚失去了父亲，问我该如何安慰他。我回给他："让他一个人痛快地哭一场吧，只有当他自己走过这段痛苦的日子，才能真好起来。"

很多时候，人只有先狠狠地脆弱一次，才会懂得该如何坚强。

从在网上写文章开始，便陆续收到过很多朋友的留言和私信，成长的挫折、爱情的伤痛、未来的困惑、生活的痛楚，面对每一个人的留言，我都想尽力帮助。回想这些年自己和身边朋友的成长，倘若两年前，我一定对每一种不同苦痛的解救方式娓娓道来，可是如今，我只会说一句：你一定会好起来的，剩下的，就全部交给时间吧。

亲爱的朋友，每一个受过伤、想要尽快忘怀、告诉自己要立即坚强起来的你，每一个曾深陷痛楚、固执地想要马上挣脱的你，每一个总想最强的你……

我知道，深陷痛楚，你一定会不停地告诉自己要坚强，要原地满血复活，要忘记所有过去，你恨不得一觉醒来便重新笑靥如花，朝气满满。可我想告诉你的是，有时候，那是偏执的坚强，那是固执的倔强。你会因为太急于恢复，而再一次伤害到自己。

一位朋友，曾谈过三次三年的恋爱，可每次都是无疾而终，被人无情抛弃。有一段时间她脆弱不堪，整天失魂落魄，后来她为了掩盖自己的脆弱，彰显自己的坚强，开始不停地更换男友展开新的恋情。她那时觉得只有这样才能让自己活在新的生活中以忘掉过去的回忆，只有这样才能让自己尽快摆脱那些痛楚。

可后来她告诉我，那段时光才是最痛苦的，她表面逞强假装已忘掉，可其实是在加深回忆和悔恨，伤害别人的感情，自己内心愧疚，同时也在给自己的伤口上撒盐，这是自我折磨。后来她忽然释怀了，回忆便回忆，过不去就让它过不去，每天努力工作，关心家人朋友，对感情顺其自然，放下了过往的一切悔恨和不解。现在她结婚了，生活得很幸福，一点儿也看不出像是有过这些经历的人。

有些时候，人越想逞强，痛楚越会将你拽入更深的旋涡；越想忘记，回忆越会来得汹涌；越想马上挣脱，越会将痛苦拉长。

就像深陷泥潭，越是挣扎摆脱，越会陷入更深的泥泞，最后无法自拔。

一个好友，高考时英语机读卡涂错考号，本能轻松进入重点大学，却只好回到学校重读一年，自责与悔恨如影随形。起初他每晚都在懊悔中度过，每天都在想如何尽快脱离悔恨的阴影，晚上要看一部励志的电影才能入睡。可他却过得越来越痛苦，悔恨与自责与日俱增。

越想摆脱，越是不经意地把痛苦放大；越想快点坚强起来，越是在潜意识中告诉自己受到的挫折有多么难以释怀。后来因为励志电影几乎已看遍，他不再熬夜看电影了，每晚按时上床睡觉，可之后的他，在没有励志电影、没有快点坚强起来的自我督促下，却越来越释然，越来越积极。

自顾自地逞强，有时只会让一个人前方的路越走越窄，如同遇到鬼打墙般陷入自己筑就的围城里，再也走不出来，直到把自己锁死。

**二、过了那个期限，一切都会化作似水流年**

回想自己的童年和那些成长的经历，那些曾持续数年、每晚刻骨而切肤的痛苦，后来都能轻描淡写地笑着说出来。再不怨天，只是感谢，因为它们都是成长道路上收获的独属于自己的宝藏。

如今回头再看当初那些深陷痛楚的日子，那时的自己总想逞强，尽快脱离命运和痛楚的旋涡，可结果却越陷越深，明明是抗争，实际却是在削弱自己的能量。越想逞强，痛楚越是缠绕在身旁。

曾经在患上轻度抑郁症时，给我看了一年病的心理医生告诉我，每个人在每个年龄段都有不堪承受的痛楚，不是因为你懦弱，不是因为你不够坚强，而是因为你处于那个年龄段。对于那时的挫折和痛楚，你要学会的是接受和坦然面对，承认自己的脆弱，接受自己的不堪。你要敞开心扉容纳它们，告诉自己，它们都是你身体里的一部分。

积极的心理，并不是一味地与消极做斗争。很多时候，越是抵抗，它越是顽固；越是排斥，它越是汹涌；越想逞强，越会击垮你。就像我们失眠时，越逼自己快点睡着就越是睡不着。去接受消极，接受失望，接受不安、恐惧、焦虑，因为它们都是人生中必然存在的一部分，当一个人学会坦然接受时，反而会更快得到释怀和解脱。

后来的我，遇到任何无法抵挡的挫折，都会告诉自己，想哭就哭，想醉就醉，你不须逼着自己坚强到无人能敌。而结果便是，我比以往任何时候都恢复得更快，平静而坦然，没有任何强求，好起来，便是真的好起来了。

很多问题，当时是找不到答案的，可只要过了一段时间，答案自然会出现。时间可以解决很多问题，没有什么事情是时间不能解决的。

有些问题，既然当时得不到答案，便不必苦苦追求，终究会有答案浮现在你的脑海里，而一个偏要提前出现的答案，不过是人的执念，只会徒增你的伤痛和迷茫。

有些伤疤，注定需要时间来治疗。你想要马上修复它们，其实是在揭开伤疤加深伤口。就像小时候我们磕磕绊绊，摔过很多跤，身上留下很多伤疤，那时因为好奇和调皮，总要经常摸摸结痂的伤口，心里懊恼为何还没好，可是越是碰触查看恢复得越慢。父母总是告诫不要碰伤口，别管它，自己会好起来的，后来也就这样不知不觉地好起来了。

人的伤口无论再深再痛，总有一天会自我修复。而人的情感，爱、憎、恨、悔，其实也是有期限的，为一个人受苦，苦到某种程度，自然会醒悟，不再为他蹉跎岁月。思念一个人，当思念到某种程度却换来长久的落空，也会欣然告别。只要过了那段时间，一切都会恢复正常；过了那个期限，一切都会化作似水流年。无论多么深刻的痛楚，痛到一定程度，都会阴霾散开，看到阳光。而你需要做的，只是安静地度过那段时光。

### 三、坦然地承受寒冬，安静地等待暖春

每个人都会经历一些让人措手不及又无可奈何的痛楚，上天为我们安排这些磨难与挫折，并不是想考验我们能否一笑而过原地复活。大多的经历我们都不可能一觉醒来便从容面对，这些磨难的安排其实是让你学会承受痛楚，学会在困境中安然成长，学会在逆风中继续前行。你需要做的只是走过去，既不丢盔卸甲也不强颜欢笑，一步步安然地走过去。

我知道你总是想让自己坚强些再坚强些，可生命中的痛楚是

源源不断的，这样的你有时会让痛楚加倍，更是对自己的残忍，有一天会不堪重负跌倒在地上。内心再强大的人，也会有不堪一击的那一刻，再坚强的人，也都会有过一段脆弱的时光。

亲爱的朋友，这个世界上没有人能够坚强到原地复活，不要再一味地告诉自己要坚强，不要让自己再去偏执地逞强。很多时候，人只有先狠狠地脆弱一次，才会懂得究竟该如何坚强。

长大后的你要学会接受自己的脆弱和不堪，接受自己会流泪、会失望；允许自己懦弱，允许自己不知所措；放过那个一时软弱的自己，放过那个一时不堪的自己；给自己一点时间，给自己一些期限。你会在不知不觉中获得生命里最安静的坚强、最自然的坚韧。

不躲闪、不逃避、不排斥，也不必逞强。只有忍受过病痛，才会懂得生命的可贵；只有经历过离别，才会懂得相聚的不易；只有痛快地哭过，才会在将来尽情地欢笑；只有经历痛楚，才会明白成长的意义；只有度过那段脆弱的时光，才会在未来看到明亮的自己。当你安静地经历这一切之后便会发现，自己曾经受过伤的每一道疤痕都已成为身体里最坚硬的地方。

　　每一个懂事淡定的现在，都有一个很傻很天真的过去；每一个温暖而淡然的如今，都有一个悲伤而不安的曾经。很多委屈从说不得，变成了不必说。你曾以为有些事，不说是个结，揭开是块疤，可当多年后你揭开疤，也许会发现那里早已开出一朵花。那些曾经让你最难过的事，终有一天你会笑着说出来。成长的意义其实是要告诉你，一切你认为过不去的坎儿最终都会过去，一切你认为好不了的伤疤最后一定都会好起来。

　　痛就痛，苦就苦，就让它痛，就让它苦，又能奈你如何？总有一天，你会在不知不觉中发现所有的伤口正在慢慢愈合，所有的痛楚都已是过往。

　　亲爱的朋友，你不必逞强，时间一定会为你疗伤。

　　我们都一样，经历着别人所不能代替的成长。有些伤痛只能自己默默扛着，但有一天，你终会明白这一切存在的意义，会笑着感激曾经的苦痛与伤害。别人没有体验过你的辛酸苦楚，便也收获不了你的快乐幸福。你只须安然地承受和忍耐，终会收获属于自己的那份美好。

后来的我时常觉得人不属于动物，人的生命更像是季节。春夏秋冬，寒冷的冬天总会突然来到，可春天也一定会如期而至。暖阳与和风、绿树和鸟鸣、花香与燕舞的春天一定会到来。

去坦然地承受寒冬，去安静地等待暖春。

## 不过是流着眼泪吃肉

伟大的人或许都有着相同的伟大，

可平凡的人，

一定都有着不同的伟大。

生活啊，

不过如此，

流着眼泪也要吃下肉。

七月中旬大学毕业后，我来到望京工作。离家不算远，坐一个小时的地铁，但下了地铁到单位还有将近五公里的步行距离。好在望京这一片有非常发达的三蹦子市场，北京人俗称的蹦子，就是那种烧油的三轮车，经常在路上和汽车飙，毫不示弱，还总是一蹦一蹦的，坐在里面总有种随时翻车的刺激感。从地铁口到公司十块钱，价钱合理，又能享受到飞起来的感觉，坐三蹦子就这样成了我每天生活必不可少的一件乐事。

三蹦子由于车身不稳，油门难以控制，又没有避震系统，所以翻车的概率较高，有很大的安全隐患。City God 们，也就是城管，每周都会进行一次三蹦子大扫荡，连车带人一块儿押走，再加重罚款。基本上望京这一带干三蹦子生意的都是外地来京的底层打工人员，没钱、没文化、没人脉、没技能，但凡有一点儿路子的都不会干这门差事，白天在地铁口趴活儿，一边拉客一边调动全身感官提防城管，晚上住在四百元一月的地下室里。他们和三蹦子一样，每天拼尽全力不停地飞奔，但随时要做好翻车倒地，就此告别这片土地的准备。这些都是一位优秀三蹦子驾驶员讲给我听的。

他让我叫他小六，来北京打工第三年，今年二十二，和我一样大，但坚持叫我大哥。他说坐他车的都是大哥，并不是因为我有大哥的范儿，请我不要再拒绝。我们的相识缘自我常坐他的蹦子，后来慢慢熟悉，从老顾客成了蹦友。每天清晨我走出地铁的时候他会在路边叼根红梅等着我，这个时间点如果出现别的顾客他都会道歉谢绝，死心塌地地等我。小六是我所体验过的最优秀的三蹦子驾驶员，他常用的招牌驾驶姿势是下身跷着二郎腿，就这样炫酷的姿势却能把车骑得极稳，实在天赋异禀。不过他有一点不太好，总喜欢在路上和我聊天，我倒不是担心他会因此分心，而是他总是喜欢回过头来和我聊天，用后脑勺目视前方。

小六每天都会乐着给我讲点生活趣事，昨天哪个竞争对手翻车了，也不称称自己几斤几两，以为三蹦子是谁都能开的吗？前天哪个哥儿们一不留神撞到了城管，当场就义愤填膺地抄起随时备好的钳子卸下了一个轱辘，死活咬定这不是三个轮的。还有他千里之外的家里事，他三代单传，去年媳妇给他生了个儿子，一家人高兴得不得了，只是造化弄人，小儿子半年前得了怪病，呼吸常出现困难，方圆百里看了一遍，还是没治好。"不过不要紧，山里的孩子都命硬，我再攒个半年钱就把儿子带到北京的大医院来，咱首都还能治不好？"讲这些时小六依然乐呵着，并且，还是非要把头扭过来看着我讲。

我喜欢小六，因为他总是两眼眯成一条线，乐呵呵的，每天早上看到他，我都觉得阳光暖得可以融化掉北京的雾霾。

九月中旬的一个早晨，我继续坐着小六的三蹦子藐视所有我们一路超过的汽车。那天小六没要我钱，他说他要回趟老家，估计月末才能回来，这段时间送不了我了，给我推荐了两个同行好哥们儿，叫我以后坐他们的车，并告诉我他们是这一带排名第二和第三的三蹦子驾驶员。第二天，小六的身影便没有再出现在地铁门口，生活还要继续，我依然坐着三蹦子去公司。不过第一天没有小六的日子，我乘坐的三蹦子就为了抢路和同样目空一切的马路霸主——公交车蹭上了，险些侧翻。我很怀念小六。

终有一天你会明白，如果你遇见了一个优秀的三蹦子驾驶员之后，其他蹦子都会变成将就。

一个星期后，小六提前回来了，在地铁口看到他时我蹦蹦跳跳地就过去上了他的车。他依然眼睛眯成一条细线，乐呵呵的，只是眼角的皱纹比走那天深了一些。我开心得不得了，过去乘蹦子驰骋的日子又回来了，我又可以在小六的蹦子上觊觎一切豪车了。小六的技术丝毫没有退步，驾起车来反而更加迅猛，像一头压抑许久的野兽，向这个世界怒吼着冲向公司。

那天到公司的时间较以往早了几分钟，下车时我想起还一直没问他之前突然回老家的原因。"六子，那会怎么突然说走就走了，家里没出啥事吧？""没事大哥，儿子病情严重了，媳妇和我娘着急，让我回去看看。"

"那现在好些了吧，看你没到月末就回来了。"

"死了。喘不上气，眼看着死的，小脸都憋紫了。"

我一时怔住，嗓子里像卡进了玻璃碎片，再说不出任何话语，连唾液都忘了该如何吞咽。

"死就死了吧，这娃命苦，生下来就受这活罪。我没出息，实在没法儿治好他，早点投胎去个好人家，千万别再给我当儿子。"

没有悲愤，没有凄凉，甚至连情绪的变化都没有，小六就这样平静地讲述着一个好像与他毫无关系的孩童的死去。

可他眼角下那在一周里好像被锥子凿刻出的皱纹，没能藏住他内心的悲痛。

秋日清晨的暖阳照射到小六的脸上，他的眼睛又重新眯了起来，嘴角再次咧出弧度："大哥，你快去上班吧，我回去趴活儿了，明儿见。"

不似春的生机盎然、夏的浪漫浮华、冬的安宁沉静，秋天就像一位历经人间百态、谙熟命途多舛的中年男子，已经走过了盎然，穿过了浪漫，为了那最终的安宁，只得坚强到沧桑满面。

或许每个人，都逃不过这命里的秋天吧。

九月末，一位过去要好的舞友阿飞来找我和其他两个哥们儿吃饭，每个人都西装革履，人模人样的，再也不是曾经那个放荡不羁一边走路一边塞着耳机做 Pop 的街舞少年。饭桌上，我们聊起了过去舞蹈带给彼此的快乐，聊起拿过的奖项、创下的辉煌，还有台下姑娘们的尖叫。只是谁都逃脱不了岁月这把刻刀，青春里的光鲜和华美都会被它悉数刻进眼角的鱼尾纹，埋藏在当年勇敢的话题里。

阿飞说，刚毕业那会儿，身边跳舞的朋友还都在坚持，每周都会找个舞室聚一下。现在都找不到人了，就剩他自个儿每晚洗完澡在浴室的镜子前翩翩起舞了。

阿飞是东北人，我对阿飞的了解其实只限于舞蹈。四年前他来我家这边念大学，横扫了本土街舞圈的所有人，他是我认识的跳舞朋友里练舞最专注的，也是唯一一个把爱好坚持进生命里的人。不过后来被我反超了，让我抢回了本土第一的宝座。没办法，我就是受不了别人比我帅。

除此之外，我还知道阿飞很喜欢笑。四年，我几乎从来没有听他讲过一件不开心的事，永远笑嘻嘻的，永远生活太美好。有一次他丢了钱包，钱包里除了各种卡之外还有刚取的两千元人民币，但他的第一反应是立马找出一支笔和一张纸，埋头写了半小时，然后咧着嘴对我们说："哈哈哈，终于可以狠宰你们一顿了！"我们这才发现纸上写的是下个月要蹭饭的人名单和详细的时间安排……

席间阿飞出去接了个电话，回来后眼圈就红了，要了一瓶白酒和六瓶啤酒。他从来不喝酒，他总说他喝这玩意儿就是喝毒药，每喝一口都得少活两天。另一个哥们儿前阵子刚因为中美异地和四年的恋人分手，一直嚷嚷着要喝两杯，看到阿飞现在舍命陪君子，大家的酒兴都被点燃了。

借着酒劲，你一言我一语地开始诉说起各自最近生活的不如意，但觥筹交错间没有任何安慰的话语，只有嘻嘻哈哈，互相指着鼻子嘲讽对方的苦痛。很多事情，还真的是笑笑就过去了。

阿飞一直没有说话，还是笑，只是笑。

他用迷离的眼神看着我："你知道为什么我对舞蹈这么坚持吗？"旁边的大宇说："豪哥，我跟你说，阿飞可是有故事的人，你们以前没深聊过，绝对够你写篇文章的。"

我知道他有故事，一直都知道。

这些年我认识或遇见过不少像阿飞一样的人，每天都没心没肺的，恨不得把嘴角咧到耳根，觉得他们简直是在郭德纲的相声里长大的孩子。

可是越是这样的人，越是总隐约觉得他们的心里并没有那么多的明亮。就像那句听起来很矫情的话：笑得最开心的人往往也是哭得最伤心的人。这话其实还挺对的。

越是拼尽全力地向阳生长，越是为了甩开身体里的阴影。

那些似乎从来没有过灰暗情绪的，始终不愿提及悲苦故事的人，心里都不知道藏了多少疤。我们避而不谈的，往往像极了我们自己。

这是认识阿飞这些年，他第一次主动讲述自己："年幼的时候父母离婚，没过两年，妈就去世了，因为先天的遗传疾病。从小到大我都是在姥姥身边长大的，她是我这世上最亲的人，也是唯一的。上学后，由于家庭原因，基本上都在四处转学漂泊，我从来就没有过什么朋友。妈的病也遗传到了我身上，身体一直很差，其实能活多久我自己也不知道。好在后来接触了街舞，跳舞对我来说远不只是爱好，是我生命的一部分。说句夸张的，它是我的精神寄托。而且让人开心的是，因为跳舞我认识了不少朋友。我对人生没什么想法，没有奢求也没有梦想，我就觉得能活着就很好了。现在每天早上游泳晚上跑步，尽量维持身体健康，使劲活，能和朋友们跳跳舞，偶尔像现在一样破戒喝两口酒就够了。"

阿飞平淡地讲完这段话，只是讲述，没有任何对苦痛的倾诉和怨愤。大家什么也没说，一起干了杯中酒。

"人活着必须坚强，除了坚强，一切都没有意义。"这是那天酒桌上阿飞的结束语。

走出饭店时夜幕已深，哥儿几个一时兴起想跳会儿舞，于是我们走到一个路灯下围成一圈，用手机放起音乐，一人一段轮流跳了起来。没有舞台，没有追光灯，没有音响，没有观众，只有我们自己。九月末的北京已经很凉，但大家都跳到大汗淋漓，坐在马路牙子上，你看着我我看着你，哈哈哈地笑了起来。

能吃肉的时候就大口吃肉，想喝酒的时候就喝个痛快。挫折、苦难、悲伤、失落、迷茫、彷徨、离别、孤单，这不过是一个个两字词语，被它们击倒的人，不过是不想再站起来的人。

那晚阿飞接到的那个让他忽然红了眼眶的电话内容，是他姥姥去世的消息。从小带他长大的姥姥，他这辈子最亲的人。我们告别时他告诉大家的。

"每一个不曾起舞的日子，都是对过往生命的辜负。"我想起了狂人尼采的这句话。

十月中旬的清晨，我继续坐着六子的三蹦子来到公司，下车离开时六子叫住了我："大哥，晚上有空吗？想请你吃个饭！""有啊，五点下班，楼下等我。"

"对了，给咱这座驾洗个澡，晚上咱去点上档次的饭店，就开着它去。"小六笑着眯起眼睛，爽快地答道："好嘞。"我也眯起了眼睛。

下班后，小六如约而至，还真给三蹦子洗了个澡，那铁皮锃亮锃亮的。我当时想着如果下一部变形金刚里能出现一辆三蹦子，那绝对亮瞎中国观众的眼睛。我上车给他指着路，小六继续跷着二郎腿，老样子，一边向前开一边回过头和我聊着天，在一家朝鲜烤串城前我们停下了。

小六下了车和我一起上楼，这是从七月相识至今，我第一次看到离开三蹦子的小六。我终于明白为什么他一直要跷着一条二郎腿炫酷地开车——他的左腿是瘸的。

我把店里所有的招牌烤串点了一遍，满满一桌子的肉，然后要了一箱啤酒。

"先说好了，今这顿饭我结账。"我对小六说。

"不行不行，凭啥啊，都说了我请你！"

"行，那咱就看谁最后能清醒着出门。这会儿说得再潇洒，一会儿喝得连爹妈都不知道叫啥了也是抽自个嘴巴。"

"哈哈哈。大哥，你可别逞能啊，我每天早上起来都是喝两盅才出去趴活儿的，你能看出我酒驾吗？"小六冲我扬了扬下巴，一脸的傲娇。

我要了两个大碗，一碗差不多是半瓶啤酒。我俩谁也不服谁，比着大口吃肉，比着举起碗就一饮而尽。

我记着半箱啤酒下肚的时候，旁边桌两个韩国人，估计是被我们大碗喝酒的架势所震慑，倒了一杯啤酒过来敬酒，用蹩脚的汉语说："中国人，厉害！"小六直接抄起一瓶，用牙咬开："我们是你们爹。"低头思忖了两秒钟："思密达！"然后"咕嘟咕嘟"就干了。我还没来得及去解释两句，那两个韩国人就结账穿衣服走了，令人很无奈。

基本上这就是当晚喝酒的前两个小时中，小六所说的唯一一句话。

我确实喝不过小六，七瓶下肚之后，酒就卡到嗓子眼儿了，再喝一口，我就有可能像喷泉一样吐小六一脸。他也多了，看刚才的豪侠之气，我真怕万一吐到他身上他会抄起酒瓶子揍我。他继续大口吃肉大碗喝酒，我抽着烟，养精蓄锐，等着……结账。

在我彻底甘拜下风的一小时后，小六继续神勇着。我拿起一根烟点燃后送到他嘴里时，他突然就像狼嚎一样开始哇哇大哭。我被吓了一个激灵，赶忙拿纸巾递给他。小六挥挥手，继续狠狠地吃肉，就那么泪流满面地大口吃着肉。

"大哥，我以后送不了你了。家里媳妇跟别人跑了，我怪不了她。我没出息，出来打工三年多也没能混个人样。儿子的死对她打击也很大，我知道她恨我，恨我没能治好儿子。

"我俩从小在山里长大，真的是青梅竹马。她可是我们村里的村花，好看着呢！跟了我真是委屈，你说我有啥值得她跟的？听说她现在跟的那个人是我们那片最有钱的人家，好事啊！

"我娘年纪大了，一下给气病了，我得回去陪她，让她好起来。我再没出息，也得让我娘好起来，你说是不是？"

"是。"我干了一碗。

小六笑了："大哥，原来你还能喝啊，能不能实在点？"小六的眼泪一直在淌，这是我第一次亲眼看着一个人边哭边笑，还一边大口地吃肉。

后来小六再也没提这些事，他开始跟我唠嗑扯淡。他讲了很多他们三蹦子兄弟的故事，讲他们为了能给家里多汇钱，三个人挤在十平方米的地下室里；讲他们为了生活，做的那些偶尔有失道德的疯狂事；讲他们每晚睡觉前都会一起唱首家乡的歌。

我听得津津有味，沉浸在他的话语里，比起平常朋友和同事讲的那些前天谁赚大钱升职了，昨天谁历经艰辛终于实现梦想了，今天谁多么励志多么辉煌了更有趣。有趣的不是小六的讲述方式，而是他讲的每一句话，都太过真实，真实得更像生活，真实的，这才是人生。

生活真的有那么多光鲜和靓丽吗？生活真的可以一如海面升起的太阳让人向往和着迷吗？生活真的是有那么多苦尽甘来的实现和获得吗？

与其说人生是为了实现和获得，不如坦诚地说，人生不过是不断地失去和承受。

"生活就是这样，不如诗啊。"

那晚我背着小六离开饭店，我走得战战兢兢，努力平稳脚步，真怕一个震荡他就吐我一头的啤酒加肉。小六好样的，一直没吐，就是一边撕着我的耳朵一边喊"驾"。我突然想到，他不过和我一个年纪，大学刚毕业的年龄，还是一个大男孩儿啊。

背他回去的路上，小六一直在笑，笑得酣畅淋漓。我问他："你到底在笑个蛋？""想让我哭？去你的吧！"然后又是一阵大笑。

那笑声震耳欲聋，在夜晚的空气中肆意飘荡，简直和战场上斩杀百敌的英雄一样荡气回肠。

对，小六是个英雄，生活里的真英雄。

愿他永远把酒当歌，以笑代哭，愿他永远这般倔强藐视人生一切的不如意。

小六走后，我在公司附近租了房子，再也不坐三蹦子了，以此纪念小六。

爷爷的妈妈，我的太奶奶，今年九十九岁。前年我回老家看望她时，她老远就兴奋地喊我："是豪豪吗？豪豪回来看我了！"我跑过去像对待一个小女孩儿一样把她搂进怀里。一个大半身埋进土里的人，一个全身刻满皱纹像一棵枯朽老树的人，却依然耳聪目明头脑清晰，饿了的时候能用一口假牙啃半只烧鸡。太奶奶才是我的女神。

爷爷和我说，太奶奶是个了不起的人，她和在那个裹脚年代长大的人别无二致，了不起的是她一直活到了今天。她经历了那个时代每个人都经历过的饥荒、混乱，经历了这个世上每一个人都要经历的苦难、不如意、病痛、离别，和生活与岁月带给每个人的摧枯拉朽与孤单寂寥。

她至今依然站立在这片土地上，她没有成功和荣耀，没有策马红尘的青春，没有为了人生理想的一路奋战。但她从来没有被生活打败过，她没能从岁月那里获得些什么，可岁月也从未能从她身上剥夺摧毁掉什么。

她是一个真实的、平凡的、像这个世界上被无数人所鄙夷的又和无数人一样为了活着而生活的人。

她是个了不起的人，是我心里的女神。

太奶奶没有所谓的人生哲学和长寿秘诀，活了将近百岁走过了一个世纪的人，每一句对生命的感慨都有着经过时间验证的深刻，但她一如过去从不言感悟也不语遗恨。我从来无法从她那里获得些指点或经验之谈，我俩一块儿的时候干得最多的事就是一起吃烧鸡。

关于她的人生过往，我从爷爷那里听到过一二。太爷爷在世时是那个年代的财主，生意做得很大，家里有两辆马车，大土豪。这当然一定是要被革命的，被大伙儿深恶痛绝的。嫁鸡随鸡，嫁狗随狗，太奶奶只是命运的跟随者。

命运弄人，太爷爷不到四十就离世了，不到三十的太奶奶成为对丈夫阶级仇恨的转移者、批判的承载者。唾弃、咒骂、侮辱，这些基本上构成了她的后半生。她并没有悲愤和怨恨，像一块钟表一样继续生活，只是在每一年太爷爷的祭日时，她都会做上一锅肉，无论贫穷或富裕，然后一个人端起一碗肉坐在家门前，一边流泪痛哭，一边大口吃肉。

流着眼泪也要吃下肉——这就是太奶奶这一辈子的人生哲学吧。

有时就觉得吧，哪有那么多的辉煌和荣耀，快乐对于人来说总是短暂的，悲痛才是永久的，才是让人铭记的，永远在受挫，在告别，在彷徨，在孤单。你说人活着是为了实现和获得吗？不是，人在世上每活一天都是在失去和承受。你说人是靠理想和憧憬活着吗？不是，人是靠坚强活着。

明明懂得很多大道理，可当自己深陷其中时，却迷茫脆弱得像个孩童。生活周遭的一切就是如此，发生在别人身上时，你总会感到太过残酷和无情。可当它落到你头上时，无论如何，你也会走下去。

伟大的人或许都有着相同的伟大；可平凡的人，一定都有着不同的伟大。

生活啊，不过如此，流着眼泪也要吃下肉。